Joey Pigza Loses Control
乔伊和怪爸爸

Jack Gantos
[美] 杰克·甘托斯 著
马爱农 译

SPM 南方传媒　新世纪出版社
·广州·

图书在版编目（CIP）数据

乔伊和怪爸爸/（美）杰克·甘托斯著；马爱农译. —广州：
新世纪出版社，2024.3
  ISBN 978-7-5583-4050-5

Ⅰ.①乔… Ⅱ.①杰…②马… Ⅲ.①儿童小说—中篇小说—美国—现代 Ⅳ.① I712.84

中国国家版本馆 CIP 数据核字（2023）第 219387 号

广东省版权局著作权合同登记号　图字：19-2023-322 号
Joey Pigza Loses Control
by Jack Gantos
Copyright © 2002 by Jack Gantos
Simplified Chinese translation copyright © 2024 by Beijing Xiron Culture Group Co., Ltd. Published by arrangement with Writers House, LLC through Bardon Chinese Creative Agency Limited All rights reserved.

出 版 人：陈少波
责任编辑：耿　芸
责任校对：李　丹
责任技编：王　维
封面设计：DUCK 不易

乔伊和怪爸爸
QIAOYI HE GUAI BABA
[美] 杰克·甘托斯 著　马爱农 译

出版发行：	SPM 南方传媒　新世纪出版社（广州市越秀区大沙头四马路 12 号 2 号楼）
经　　销：	全国新华书店
印　　刷：	北京世纪恒宇印刷有限公司
开　　本：	880 mm×1230 mm　1/32
印　　张：	7.375
字　　数：	120 千
版　　次：	2024 年 3 月第 1 版
印　　次：	2024 年 3 月第 1 次印刷
定　　价：	35.00 元

版权所有，侵权必究。
如发现图书质量问题，可联系调换。
质量监督电话：020-83797655
购书咨询电话：010-65541379

目 录

第 1 章　大　坑　　　　　　　001

第 2 章　狗　耳　　　　　　　011

第 3 章　童话世界　　　　　　021

第 4 章　高尔夫球　　　　　　039

第 5 章　洞穴人　　　　　　　059

第 6 章　思　考　　　　　　　079

第 7 章　我的比赛　　　　　　095

JOEY PIGZA LOSES CONTROL

第8章	礼物	099
第9章	市中心	107
第10章	秘密	131
第11章	腿发软	149
第12章	恐怖故事园	173
第13章	月亮	193
第14章	购物中心	213
作者的话		225

JOEY PIGZA LOSES CONTROL

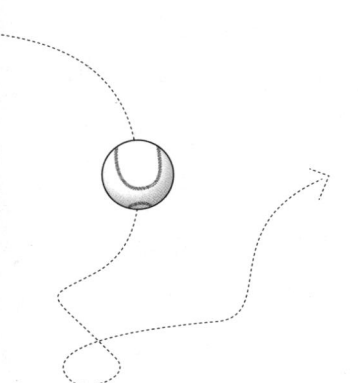
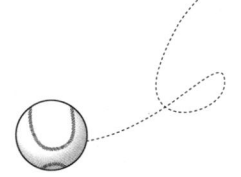

第1章
大坑

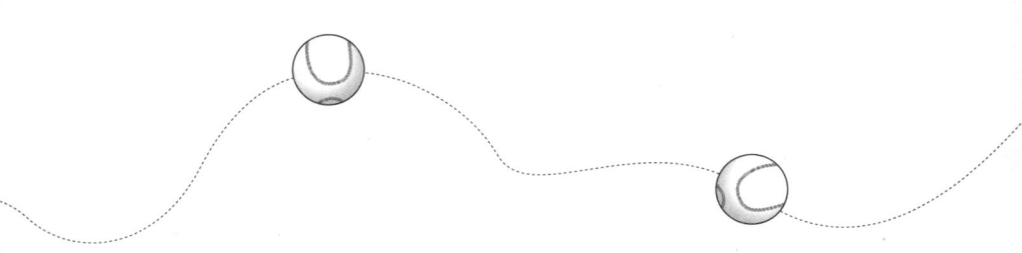

  我们在去爸爸家的路上,妈妈开车时两只手紧紧地抓着方向盘,就像抓住我的脖子一样。我不停地把我的安全带扣上又解开,还问了一百个关于爸爸的"万一",都快把她逼疯了。这些问题她已经听了两个星期,不想再回答。但这并不能让我住嘴。万一他脾气不好呢?万一他讨厌我呢?万一他像你一直说的那样疯狂呢?万一他喝酒,变得很讨厌呢?万一我不喜欢他呢?万一奶奶又想把我关进冰箱里呢?万一他们要帕布罗睡在外面呢?万一他们不吃比萨呢?万一我想赶紧回家,可以租一辆直升飞机吗?

  "可以。"她回答了我的最后一个问题,其实并没有认真在听。她绕了一条过山车般的远路去匹兹堡,有数不清弯弯曲曲的盘山路,忽而上坡,忽而下坡,因为她不敢在收费高速公路上开得太快。我们把东西搬上借来的汽车之前,她这么说过:"我的驾照有点儿过期了,而且我没有保险,所以你只能凑合了。"

"'有点儿过期'是什么意思?"我问,"是不是跟过期一天的面包一样?万一我们被警察拦下呢?万一我们被捕了呢?万一关男孩和狗的'监狱'像巨大的鸟笼子呢?"她当时就没有回答我的问题,现在也没有回答,尽管我问个不休。她只是抓紧方向盘,把身体尽量往前探,下巴都碰到了方向盘的顶上。过了一会儿,她用沉默打败了我的饶舌,我闭上了嘴,其实我的脑子里还在不断地冒出一大堆问题。

就在这时,帕布罗,我的吉娃娃,开始汪汪地叫个不停。也许妈妈此刻是想捏住它的脖子吧,因为它也快把她逼疯了。道路坑坑洼洼的,我叫她绕过那些坑,因为帕布罗的胃不好,动不动就会犯恶心,可是她根本就没有避开沟沟坎坎。她的胳膊肘子在颤抖,她的牙关咬得那么紧,门牙都把下嘴唇咬出坑了。我知道她因为要见爸爸而精神紧张,但此时此刻我更关心的是帕布罗。

第 1 章 大 坑

"避开那些坑！"我不停地喊道，同时用我细细的手指甲尖挠着帕布罗胀鼓鼓的肚皮。它仰面躺着，四脚朝天，好像已经死了，只有一双眼睛还在抽动。

"开车的时候，是不可能在路上扭麻花的！"她吼道，"我们会失去控制，然后翻车。"

"可是，帕布罗的肚子快要翻车了。"我提醒她。

"那你就用手捂住它的嘴。"她建议道，又把方向盘抓得更紧了一点儿，汽车一路颠簸。

"那它就会从耳朵里吐出来。"我回答，"或者更糟糕，掉转头去，从那个地方喷出来。"

她扭头看了我一眼，目光很凶。"你最好把它的那个地方对准窗外。"她命令道，"我可不想发生恶心的事件。"

就在这时，车子陷入了一个深坑，我从座位上跳了起来。我看见前面还有一个坑，赶紧把手从帕布罗吱吱作响的嘴上松开，去抓方向盘。妈妈一把将我的手打开，与此同时，轮胎狠狠地撞在坑里。我被弹到一边，脑袋撞在半开的车窗上，帕布罗一骨碌爬起，用两条后腿站立，似乎在玩后轮平衡特技，然后张开嘴，像我说的那样呕吐，把收音机前面全吐脏了。

"哦，糖！"妈妈呸了一口，"糖，糖，糖！"

我知道这个词意味着麻烦。上次她用这种口气说"糖"，是收到了爸爸的律师寄来的信。我知道，她这么说并不是因为嘴里有甜的东西。

"打开杂物箱。"妈妈说，"里面可能有一些餐巾纸。"

我按了一下锁，那个盖子落下来，砸到了帕布罗缠着绷带的耳朵，肯定很疼。里面有一盒餐巾纸，我把它掏了出来。我不知道拿帕布罗怎么办，就把它塞进了杂物箱，砰地关上了盖子。它又开始汪汪地叫，我把嘴唇贴在杂物箱盖子边的细缝上，小声说："睡吧。等我们到了，我把你叫醒。"它呜呜咽咽了一会儿，安静了下来。我抽出一团餐巾纸，开始擦拭收音机上所有那些小旋钮、小按键之间的脏东西。这太难了，因为汽车一直东倒西歪地颠簸，于是我就放弃了。

我让妈妈平静了一会儿，我啃着自己的手指甲，后来她看见了，就把我的手从嘴里拽出来，握得紧紧的。

"你要我开车吗？"我问。

"我想，你可以注意到我有点儿神经过敏吧？"她开始说道，"唉，我只是心里一直想着你爸爸。"

就冲这一点，我已经喜欢他了。妈妈心里想着他，他，他。平常她总是想着我，我，我，我不管做什么或说什么，她都会注意到。但现在我藏在了爸爸的影子里，像一滴水溶入了大海，他要为妈妈的神经过敏负责任了。

"你知道，我让你这么做，心情是很复杂的。"妈妈说。她变得有点儿泪汪汪的，所以轮到我来安抚她了。

"万一他脾气好呢？"

"但愿他脾气好。"她回答。

"我是说真的好。"我说，"就像你第一次见到他时那样。"

"他那时候就不好。马马虎虎而已。"

"那么，你亲他的嘴唇了吗？"

"你在想什么呢？"她说。

一想到她亲吻爸爸，我就开始犯傻，大声唱了起来："爸爸和妈妈坐在树下，接——吻——啦。"

"住嘴！"她呵斥道，"你又来烦我了。"

我歇了口气，就又开始了。"我做错了什么事情吗？"我问。

"没有。"她回答，"我只是犯了神经衰弱。"

"如果你认为爸爸不好,为什么要送我去他那儿呢?"

"我送你去,不是因为我喜欢他。"她回答道,"我送你去,是因为你可能会喜欢他,是因为我认为——不是真心的——你跟你爸爸建立关系是一件好事。现在他声称自己戒了酒,有了工作,还去法庭申请了探视权,我就送你去他那儿,因为我认为应该这么做。但是拜托,别问我对这件事有什么感觉。"

"你有什么感——觉?"我问,探过身去,把我的一张笑脸埋在她的肩头。

"不要去。"她说,"说实在的,我不想对这件事有任何感觉。"

"爸爸和妈妈坐在树下,接——吻——啦!"我又唱了起来,脑袋上下点着,似乎我的脖子是一根大弹簧。

"好了,乔伊。"妈妈说,一只手从方向盘上抬起,把我推了回来,"认真点。不要固执地以为我和他还会重归于好,那是不可能发生的,所以丢掉幻想,专注于你和你爸爸的关系吧。你要和他一起待六个星期。在到那儿之前,先想清楚你想从这家伙那里得到什么。好好想想,因为你知道,他可能跟你一样不正常,只是块头比你大。"

她说话的时候我没有好好听,因为比起她告诉我的话,我更喜欢自己脑子里的念头。我只是哼唱着:"爸爸和妈妈坐在树下……"

在那之后,她又紧紧抓住方向盘,似乎在瞄准前面的坑。就这样安静地过了一段时间,看到她不再注意我了,我就说:"你送我过去,是不是因为我带着帕布罗闯祸了?"

"这只是部分原因。"她说,"但是最后的那件小事给我敲响了警钟——还给帕布罗敲响了警钟。我的意思是,我不能整个暑假都把你锁在家里。"

她提到的那件小事,使我低下了头,因为那都是我的错。而且,几乎我做错的每一件事,她都觉得自己负有责任。于是,我垂头丧气地缩回到自己的座椅里。我把我的小录音机的耳机塞进耳朵里,打开了音乐。赫伯·阿尔伯特和蒂华纳铜管乐队在演唱《棒棒糖和玫瑰》。我跟着节奏点头时,心里计算着我那天行为的优点和缺点。爱德辅导员叫我在感到难过的时候这么做。

在我去特殊教育学校得到新的药物之前,我根本不可能坐着不动，统计自己做的好事和坏事。我来不及列表。我来不及做任何事，只要这件事超过打一个响指的工夫。但是后来我用了对症的药——每天在我身上贴一贴药贴，我就安静下来，开始思考了。而且不光去想那些已经发生的坏事，我还开始想我希望发生的好事。想好事最棒的一点是，现在我能让它们变成现实，而不是让我想要的一切都在我面前成为泡影。

我坐在车里，深深地吸了口气，我问自己想从爸爸那里得到什么。虽然已经考虑了很长时间，我列出的单子却很短。其实我想要的只有一样。过了一会儿，我坐直身子，告诉了妈妈。

"我只想要他爱我，就像我已经爱他那么多。"我说。

妈妈听着，然后噘起嘴，说道："亲爱的，我相信他爱你。"听她说话的语气，她似乎还有一长串其他的事情要说，但是她没说。

第2章
狗耳

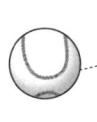

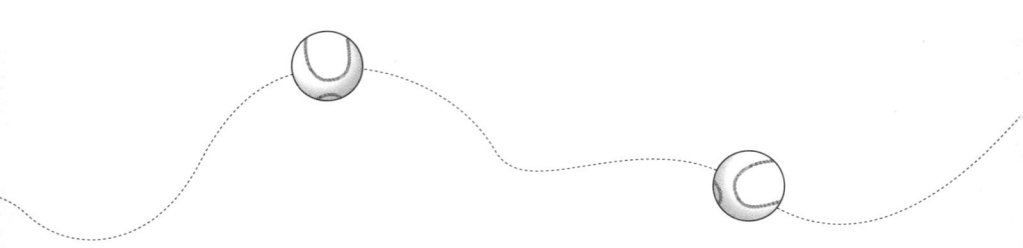

　　学校放假，妈妈要上班，就整天把我独自留在家里，之后不久，坏事情就开始了。妈妈给了我一个鼓和一盘赫伯·阿尔伯特的磁带，希望我把所有的歌都学会。可是太难了，我只学会了敲出几个音。大多数时候，我和帕布罗都待在用栅栏围起的小后院里，那里都是泥土、碎石和一簇簇的枯草，看上去就像小怪物纠结的头发，而且很难拔掉，就好像我要把那些皱巴巴的小怪物从地里拔出来似的。我和帕布罗用一根破棒球棒开裂的把手挖土，挑拣一些好扔的石头。我挑了一堆圆溜溜的石头，大约二十五个，然后我就开始扔石头，就像一台发了疯的自动投球机——砰！砰！砰！瞄准我在木栅栏上画的一个靶子，一个接一个地扔，声音在整个街坊四邻回响。我扔得太准了，几乎每次都正中靶心。后来我就厌烦了，想增加一些难度。我就弯下腰，从我的两腿之间扔出一个石头。我扔得不太准，石头越过栅栏飞了出去，我听见什么东西被砸碎的声音，就赶紧住了手跑进家里。几分钟后，一个男人来敲我家的门，但我藏在沙发后面。他骂了几句难听的话后，终于离开了。

然后，我在家里找点新的事情做，结果在阁楼里发现了一套飞镖。阁楼里有许多好玩的东西，肯定都是我爸爸留下的，既然他已经不在家了，我就把它们都据为己有。我下楼来到客厅，在纸上画了一大堆动物，脑袋都画成靶子，然后把它们贴在沙发靠垫上。我把靠垫放在房间各处，开始练习。我原地转几圈，突然停下，朝最近的一个靶子投出飞镖。我投得很准，很喜欢在头晕眼花时把飞镖扔出去。哪怕房间在原地打转，像个摇摇晃晃的旋转木马，我也投得很准。不管在哪儿都投中了靶子。有一次，我转了一圈又一圈，最后眼前一片模糊，就像眼睛上蒙了酒瓶底似的。停住后，我把飞镖扔向了我看见的第一个动物。我听见帕布罗的惨叫，等我终于站稳脚跟，定睛看去时，发现它颤抖着缩在沙发一角，飞镖穿透了它的一只耳朵。起初，它只是呆呆地坐在那里，用两只亮晶晶的

第 2 章 狗耳

小眼睛盯着我，似乎不敢相信我伤害了它。然后它就发了疯，在房间里到处乱跑，汪汪大叫，拖着那个飞镖，跳上跳下。后来我终于堵住了它，我对它说，它不会有事的。它果然没事，因为飞镖只扎穿了皮肤，留下了一个圆圆的孔，就像我用飞镖扎穿了一张柔软的小羊皮。只流了一滴血，但是它一看见血，顿时就歇斯底里地发作了。所以我就把它按在地上，捂住它的眼睛，把飞镖拔了出来。它完全发了狂，我担心那个洞眼会感染，它的耳朵会被锯掉，然后它只能去为残疾狗开办的狗狗特殊教育中心。之后我就把它包起来，抱着它去了美发店，想问问妈妈要不要带帕布罗去看兽医，或者把我用过的药贴给它贴上一贴。我用浴巾裹着帕布罗进去时，妈妈正在给一个女人做发型，她非常焦虑地瞪了我一眼。"这是一场意外，飞镖扎穿了它的耳朵。"我解释道，"我瞄准的是一头驼鹿。"

"哦，糖啊！"她说，"糖！糖！让我看看你对可怜的帕布罗做了什么。"

我告诉她，我们只是在好好地玩耍。她对那个女人说她很快就回来，然后抓住我的胳膊，带着我冲进了一间满是洗发水香味的里屋。她打开急救箱，在帕布罗的耳朵上涂了点碘酒，又在洞眼的两边各贴了一片创可贴。帕布罗没事了，但我和妈妈的事还没完。妈妈气得要命。

"如果我整天都要担心你又在闯什么祸，我就没法工作了。"她说。

"我不会再闯祸了。"我说，"我就乖乖地坐着，敲我的鼓。不过我在想，你能把你的一个耳环给帕布罗戴吗？你不让我打耳洞，既然它有了耳洞……"

"我受够了。"妈妈说，"我的火气已经到了这里。"她把一只手举到了额头上。但那里离她的头顶有大约两厘米呢，所以她还没有完全被我气疯。

"这不是我的错。"我轻声地说，"我的药贴好像失效了。"

"失效只是借口。"她立刻回道，"我把你全身都贴满药贴，你也照样会做出疯癫的事。"

"不要抬高嗓门儿。"我说，"你知道这会吓坏帕布罗的。"

看到她这么生气，我以为她会突然燃烧起来。"好吧。"她对自己说，然后把双手插进口袋，似乎在掏零钱，"做一个深呼吸。数到十。也许日托班能解决问题。"

"也许我可以在这里跟你一起打工。"我提议道，"我会洗头。"

"不出一个星期，你就会让我们丢了工作。"她说着，转身就要离开，"你会把那些老太太的脑袋挠秃了的。看上去就像你自己头上的那块小斑秃，都怪你自己乱挠乱揪。"我摸了摸脑袋，对她摆出一副委屈的表情，因为我的斑秃是一个敏感话题。

"对不起。"她哄道，然后抓住我，搂抱了我一下，说我们会想出办法来的。

她回去工作后，我和帕布罗大步走回家。帕布罗没事了，我一打开前门，我们就奔向妈妈的首饰盒，拿出一个大耳环，因为她并没有明确地说不行。我把耳环穿过帕布罗耳朵上的那个洞，叫它"海盗伙伴帕布罗！"然后我们把沙发变成了一艘海盗船。我拿来一条床单，用落地灯把它支起来，还在我的牙齿间塞了一把切肉刀[1]，然后我们就忙着进攻其他的船。妈妈回家时，看见我正在舞剑，一只眼睛上贴着我的药贴，衬衫和胳膊上有口红画出的血迹。她打发我回自己的房间冷静冷静，而

---

[1] 此行为为主人公生病状态下的非理智行为，请勿模仿。——本书注释均为编者注

后她给自己调了一杯酒。

"你觉得你的药真的失效了吗?"她回过头来查看我,发现我正在拿顶,就问道。

"我回头再告诉你,好吗?"我大喊一声,身子落了下来。

"别跟我玩这一套。"她回答,然后跪下来,伸手到我衬衫下面去摸药贴,又挠了挠我的肚皮,"我太爱你了,不会被你捉弄的。"

第二天,我们收到了爸爸律师的信。在我们出发前,那是我最后一次听见妈妈咬着牙说:"哦,糖,糖,糖!"

我肯定是在车上睡着了,当我醒来时,车已经停了,妈妈正在拽我录音机的耳机线,就好像我是一条鱼,她在收钓鱼线。

"我们到了吗?"我一边问,一边揉了揉眼睛。

"差不多。"她说,"你爸爸的家就在前面那条街上。在我们到达之前,我想停下来谈几件事。首先,我想现在正式向你告别,因为等我看见你的爸爸和奶奶,一切都会变得很别扭,我可能也会变得很别扭,而我不希望你以为我是在摆脱你或怎样。"她捧住我的面颊,亲吻我,就像亲吻画框里的相片一样。"听你爸爸的话。"她说,"他是你爸爸。如果情况看着不对劲,就立刻给我打电话,我过来接你。好吗?"她用双手托着我的下巴,凝神盯着我的眼睛,然后把目光转向她的钱包。

"这是给你的。"她说,递给我一个折成两半的信封,"里面有钱。不是玩耍的钱,是救急的钱。"我打开信封。里面有一张二十美元的纸币,还有一张横格纸,上面贴着几排硬币。她看到了我脸上困惑的表情。

"硬币是打收费电话用的。"她解释道。

"我现在可以给你打电话吗?"我说,"因为我已经觉得整件事不对劲了。"

"这不是不对劲。"她强调说,"你是从头开始跟你爸爸一起生活,所以会感到一切都很陌生。"她把汽车挂上挡,我知道她表现得很勇敢,就不再说话了。我们慢慢地往前开,就在前面的街上,奶奶坐在一个门廊上抽烟,她身边是一个瘦瘦的男人,穿着熨得笔挺的衣服。他在扫门廊,但看到我们之后,就把扫帚柄靠在了墙上。

妈妈停下车，招了招手，打开了车门。我下车时，奶奶和爸爸都手忙脚乱地走下台阶。爸爸在对我说话之前，想去亲吻妈妈，但妈妈把脑袋往后一仰，就好像爸爸的嘴唇带电似的。然后她冷冷地看了他一眼，对我说道："乔伊，把行李从后备厢里拿出来。"

我拔下点火开关上的钥匙，绕到了车后面。我的脑袋晕得厉害，没法在一团模糊中理出一个清晰的想法。看到他们俩在一起别别扭扭，我不由得想，如果我把自己锁在后备厢里，他们可能就会忘记互相生气，而把注意力集中到我身上了。

但我打消了那个念头。当我拽着我的行军帆布袋回来时，他们谁也没有说话，但都狠狠地瞪着对方，嘴巴慢慢地一开一合，像两条大金鱼。我以为自己因为神经错乱耳聋了，就把手指塞进耳朵里转来转去，就像耳朵需要清洁一样。

"别担心。"爸爸终于说道，"我会照顾好他的。"这句话说得清晰而响亮，而且他的手里已拿着那盒药贴，"我会每天更换一次的，就像更换我的尼古丁贴片，或者每隔一天更换一次，这取决于——"

妈妈打断了他。"照处方来。"她严厉地说，"乔伊会告诉你的。"

"别担心。"他说。

"我就是很担心。"妈妈回答,"你可以搞乱我的脑子,但如果你随便玩弄这孩子……"她没有把她的想法说完,因为她已经在脑海里说了那么多次。这想法让她感到情绪暴躁,几乎要失控了。所以,又轮到我帮她解围了。

我伸手去拉她的手。她朝我看来时,我偷偷地、使劲地朝她眨了眨一只眼睛,提醒她冷静下来。她微微一笑,没有放任自己的情绪,而是在我身边弯下腰,给我用头发盖住那块已经好转的斑秃,然后拥抱了我一下。"给我打电话。"她对我耳语,"经常打电话,让我可以说我爱你。"说完,她转过身,像一个上了发条的玩具士兵一样僵硬地走向汽车。她坐进车里,驱车离去。

第3章
童话世界

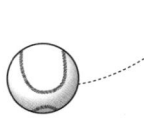

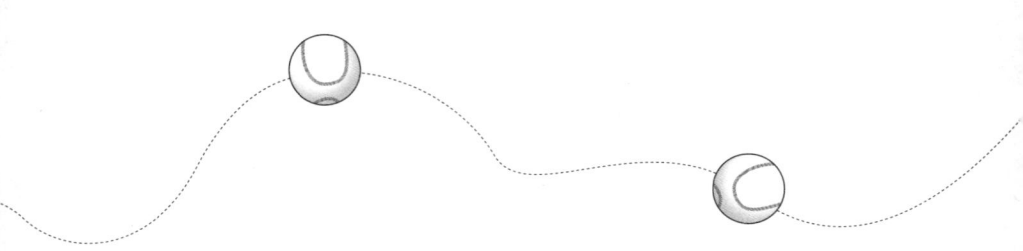

　　妈妈消失在了道路的尽头，爸爸在我周围不停地移动，腿和胳膊前后摆动，就像在磨刀似的。他不正常。这是毫无疑问的。我照镜子时，能在自己的眼睛里看到这种不正常，此刻在他眼睛里也看到了。他这么神经过敏，让我心里感到紧张。刚才妈妈说爸爸跟我一样，只是块头更大，现在我明白她的意思了。他胳膊很长，臂肘尖尖的，身体里传出一种嗡嗡的声音，似乎他是靠一台电动马达带动的。我深深地吸了口气，虽然内心翻腾得厉害，还是决定站稳脚跟，就像《绿野仙踪》里那个生锈的铁皮人一样。

　　"好了，乔伊。"爸爸说，笑容在他脸上前后摇晃，就像一叶独木舟在汹涌的大海上，"你可以叫我卡特。"他伸出手来要跟我握手。

我知道自己永远不会那么叫他。可是，没等我叫出我等待已久的那个重要字眼，奶奶便走上前来。

"停战。"她大吼一声，伸出她那皱巴巴的像一条鱼干似的苍老的手，"既然你要在这里待一段时间，我们还是好好相处吧。"

她把头发剪短了，从后往前抹了一种亮晶晶的东西，我觉得就像裹了一层圣诞树上的金属亮片。

"来吧。"奶奶不依不饶，又把手伸上前来，"别让我以为你不高兴见到我。"

我眯起眼睛看她，因为阳光照耀着她的头发，直接晃花了我的眼睛。

"不。"我说，然后想说我很高兴见到她，因为上次我见到她时，她在街上径直走远了，我还以为她被冲进了下水道呢，我在那里只找到了她的一只鞋，别的什么也没有。可是没等我把这番话说出来，她就把脑袋往后一仰。

"不！"她像一只鹦鹉似的大叫，"你说'不'？好吧，好吧，我已经看出来了，你和我一起生活时我教你的那些好规矩，你早已把它们忘到了脑后。"

"我有规矩。"我说，声音听上去有点儿发紧，"妈妈让我守规矩来着。我做了什么错事吗？没有。我说了什么难听的话吗？没有。我很讲礼貌。"

除了我的嘴在动，我全身仍然纹丝不动。为了替自己辩护，我的嘴皮子像抹了油似的。

奶奶把嘴巴一闭，转过身去狠狠地瞪着卡特。"我告诉过你，那个人什么都让他做主。"她抱怨道，然后吃力地喘了口气，"简直是马车牵着马走！"

卡特不停地蹿过来蹿过去，最后嘴里发出一种刺耳的声音，就像一辆汽车的发动机出了故障。然后他把一只手放在面前挥了挥，似乎那是一根魔杖。突然，他就从结结巴巴变成了滔滔不绝地说话。"这些都是过去的事了！"他喊道，然后一把将奶奶拉到他身后，动作有点儿粗暴，"我一直在考虑今天我们做些什么。我有一个绝妙的主意。"他立刻变得非常欢快，精力充沛，脸上带着大大的微笑，宣布我们要去童话世界游乐园。"你必须去看看那个地方。"他说，"就是在那里，我的整个人生发生了转变。"

我不太清楚他的意思。如果是他小的时候人生发生了转变,那就是变得糟糕了。如果是成年之后发生了转变,那就说明他变好了。

"嘿,这玩意儿真沉!"他喊道,拎起了我那个行军袋,"里面装了什么?"

"衣服、鞋子、书和我的鼓。"我说,想一样样都列出来,就像我妈妈给我列的那张表一样。

"你带棒球手套了吗?"我跟着他走上门廊时,他问道,"我在教一支棒球队,可以用你这样的替补队员。"

"没带。"我回答,"我没有棒球手套。"

"别担心。"他说,扑通一声,他把我的行军袋扔在了前门里面,"我这星期就去挑一副。现在让我看看你的手有多大。"我举起我的手,五指张开,他也这么做。当我们的手贴在一起时,我感到一阵微颤,似乎他体内有一个快乐蜂鸣器。

我们排着队钻进他那辆旧的大汽车。在驶向童话世界的一路上,我一直想象着打棒球的场景。我扔石头扔得很准,因此猜想我投球应该也投得不错。我想告诉爸爸我很愿意在他的球队打球,却怎么也插不进话。

第 3 章　童话世界

他一直滔滔不绝地说个不停，活泼欢快地谈到我们将要过一个了不起的暑假，他已经有了一大堆计划，我们要弥补父子亲情，很快，我们艰难的过去都会成为历史，我们将会重新起航，顺利地驶向未来。特别是他还不断地谈到童话世界。"你必须，必须，必须去看看这个地方。必须！"

奶奶坐在他旁边抽烟，一团团烟雾笼罩在她头上，似乎她暴躁的情绪把她的头发给点着了。最后，在爸爸第一百次说了"你必须去看看"之后，奶奶冲他嚷道："好了，卡特！看在上帝的分儿上，我们正往那儿去呢。让你那张话痨的嘴休息一会儿吧！"她还想再说几句，却被一阵咳嗽呛住了。

卡特继续口若悬河地说话，趁他喘口气的空当儿，我想对他说我愿意在他的球队打球，可他却鲁莽地打断了我，继续说个不停，我就只好听着。我倒没什么意见，只要他开心就好。我想等有机会了再告诉他。目前，我们只要在一起就够了，虽然他要带我去一个对我的年龄来说太幼稚的地方。他想要了解我，这就很好。我们总得从一个地方入手，也许在他的心目中，我还是个小婴儿呢。

下车之后，奶奶宣布她要打小型高尔夫球，让我和爸爸单独待一会儿，修复关系。"去练习一下我的短击技术。"她呼哧呼哧地说。然后弯下腰，双手撑在膝盖上，不停地咳嗽。终于调整好自己之后，她站直身子，说道："今天应该带上我的氧气瓶的。有雾霾。"

"待会儿见。"我尽量客气地说，因为她生起气来可不是闹着玩的。我和爸爸走在一条石头小径上，两边都是鲜花，还有一道短短的白色尖桩栅栏。栅栏很矮，连金色的松鼠都跳得进来。我们慢慢往前走时，一些十来岁的孩子穿着童话人物的衣服走过来。他们朝我们招手，微笑时，他们涂抹了彩妆的脸皱起来，变成了奇怪的面具。我们也朝他们招手。《小红帽》里的那只狼朝一个胆小的孩子吼叫，那孩子尖叫起来，一把抓住了妈妈的裤子。爸爸用胳膊肘推了推我，说："你奶奶会活吃了那只狼！"

"我也这么想。"我说，接着又问，"可是她为什么需要氧气呢？"

"肺气肿。"他说，"因为抽烟，她不能痛快地呼吸，现在需要随身带着一个小氧气瓶，但有时候她觉得带着那个太尴尬了。我只希望她能顺利打完高尔夫球。"

第 3 章 　童话世界

"我也是。"我说，想象着奶奶重重地摔在迷你风车上，或半个身子栽进小许愿井里。那并不好玩。

我们去看的第一个展览是眼神忧伤的汉普蒂·邓普蒂❶。听了爸爸的介绍，我以为会看到一个非常华丽的东西，没想到只是个裂了一半的水泥彩蛋，靠在一堵煤渣墙上。所有国王的马和士兵都是木头刻的，用桩子插在地里。它们一个个东倒西歪，还溅上了烂泥。

"事情就是在这里发生的。"爸爸蹲下来，用手帕把那些人物擦干净，小声说道，"就是这个地方。"他用手指在地上画了个"X"，"就是在这里，我的整个人生发生了转变。一天夜里，我喝了太多的酒，闲逛到这里，晕了过去。醒过来就是第二天早晨了，一个打扮成小玛菲特小姐的姑娘走到我面前，手里拿着鞋子。她叫我走开，不然她就去叫警察。我站起身，盯着汉普蒂老伙计，心里想，我就像他一样糟糕。我只是一个眼泪汪汪的破鸡蛋。我离开公园时想道，好家伙，

---

❶ 汉普蒂·邓普蒂，英国经典童话中的著名人物，曾出现在多部文学作品和流行文化中。形象比较矮胖，今天人们普遍将它描述为"一颗光滑的、骑在墙头的鸡蛋"。

我能从那个臭小子汉普蒂·邓普蒂身上学到一点儿教训。于是第二天我又回来了,一个劲儿地盯着他看。我越盯着他看,越不喜欢自己。我不想成为一个倒霉的破鸡蛋,每个人都想把我重新拼起来,却都失败了。我当时就认定,汉普蒂永远也好不起来了。他没有那股意志力,让自己停止抱怨,跳出框框,振作起精神,继续前进。在那之后,我立刻去了一家诊所,戒了酒。我只要一有机会,就过来拍拍老伙计汉普蒂的脑袋,把他擦干净。相信我吧,我去过匹兹堡的每一家诊所,但是他们教给我的,都没有我在童话世界里学到的道理有价值。你明白我的意思吗?"他说着转向我,等着我说些什么。

"我想我明白你的意思。"我说,但是我不能确定,我上学期被送到特殊教育学校时,是不是就变成了一个汉普蒂·邓普蒂,需要用胶水把自己再粘起来。因为我没有这么做。有一大堆好心人帮助了我。

"你知道,"爸爸又扯开了话题,我们漫步走在经过"三只小猪"的小径上,他挥舞着两只胳膊,"这其实不是一个小孩子的游乐园。我的意思是,我在这里看到的每一样东西都能真正促使我去思考。"

"爸爸，能让我说一会儿吗？"我问。

"没有人拦着你。"他说，"两个人能同时说话，就像一边看电视一边说话。这没什么大不了的。"

"没错，但是我很难做到。我希望听你说，然后我希望你听我说，你一言我一语，就像真正想要了解对方的人那样。"

"没问题，我们可以做到。"他说，"好，继续说话吧，我们马上要去《杰克和豆茎》了。好家伙，就是在那个地方，我认真地做了一些关于你的深刻思考。"

豆茎是一根漆成绿色的电话线，两边都有金属的大叶子，一直通到上面。"你看着。"爸爸说，然后噌噌地爬上了电话线，好像已经爬过一百次似的。顶上是巨人的阳台。爸爸站在阳台上，把双手挡在眼睛上面，喊道："哼！嘿！哈！嗡！我闻到了一个小家伙的血。"

我朝他哈哈大笑，也用手挡住眼睛。"哼！嘿！哈！嗡！"我粗着嗓门儿喊，"我闻到了一个大流浪汉的血！"

"乔伊，"他说，摆出一个汉普蒂那样的苦脸，"任何一个活着的男人，都会对抛弃自己的孩子产生一定的愧疚感，但是我要尽力弥补。我要想办法偿还我对你的所有亏欠。我们分别了很长时间，但是从现在起，我发誓，我要守在你身边。如果你再消失，我就会像那个巨人一样嗅出你的气味，找到你的踪迹。"

我抬头盯着他，他看上去那么庞大，似乎能看到整个世界，不管我在哪儿都能把我给嗅出来。我一半是心生欢喜，因为他说我们再也不会失去彼此；另一半却感到一点儿害怕，因为我如果想摆脱他，看来是不可能了——我不管怎么逃跑、躲藏或消失，都会被他找到。

"乔伊，你明白我对你说的话吗，儿子？这个地方能让我思考。"他眯起眼睛，用手掌狠拍了一下额头，"以前从没有这么思考过。"

"爸爸？"我问，一边抬头看着他，一边跌跌撞撞地往前走，"现在我们能做点更好玩的事吗？"

"好啊，我们可以喘口气，暂时不谈这些思考了。"他说着从豆茎上爬下来，把我猛地扒拉过去，差点儿扭断我的脖子，"没问题。我们给自己拍几张照片，这样就能永远记住这个日子了。然后我们可以去坐游乐场的碰碰车。"

第 3 章　童话世界

我们顺着小径往前走,他继续不停地说话。

"现在你看那儿。"他说,指着那栋小房子里的金凤花和三只熊,"我们可以在这里了解对方的许多事情。你喜欢喝多热的粥?"

"什么粥?"我问,"我从来不喝粥。"

"看到了吧!"他大声说,"看到了吧。现在我对你有了一点儿了解。"

没等我问他喜欢喝多热的粥,他就说道:"好吧。谁更聪明?是汉塞尔还是格蕾特?"

"汉塞尔。"我说,"他用鸡骨头骗过了巫婆。你认为谁——"

"哦,你看。"他说,"那个是《住在鞋子里的老妇人》。她遇到了那么多意外事故,都不知道该怎么办了。那个是接吻的傻瓜——淘气的乔治。我了解他的感受。"

我知道了爸爸对所有事情的感受,可是爸爸却不知道我对任何事情的感受。在去照相亭的一路上,他不停地指出童话故事里的人物,对每一个人物都要发表一番高论。但是过了一会儿,我就不再听了,反正他也不知道我是不是在听。

"到了。"我说,指着那个照相亭。我们走过去,我坐在大鹅妈妈身上,爸爸把脸放进红心杰克被掏空的脑袋里。摄影师拍了两张照片,一张给我,一张给他。

"最好给你妈妈也拍一张。"他劝说道,"这样她就不会以为我绑着你的大拇指,把你吊在地下室里了。"

我认为这是个好主意。摄影师说"笑一笑"的时候,我心里想着妈妈,脸上露出一个大大的、嘴唇弯弯的微笑。

"好了。"爸爸说,把照片塞进了他的上衣口袋里,"我们抓紧时间吧,我还想带你去看几个重要的童话景点呢。"

"碰碰车呢?"我问。

"过会儿吧。"他说,"下一个景点很重要。"

我们走到了歪歪房,爸爸立刻把身子歪向一边,开始假装自己全身都是歪的。"这是我以前的样子。"他用一种颤抖的声音说,"整个人都是歪歪斜斜的。"然后他站得笔直,像一个立正的士兵,"这是我现在的样子。你明白了吗?'曾经有个歪歪人住在一栋歪歪房里。他养了一只歪歪狗——'"

一听到他说"狗",我顿时喘不过气来,就像在陆地上淹死了似的。

"哦,我的天哪!"我喊道,然后吸进一些空气,"我把帕布罗留在杂物箱里了!"

"谁是帕布罗?"他问。

"我的吉娃娃。"我大声喊,双脚跳上跳下,"我要给妈妈打电话。电话在哪里?"我四处张望,似乎歪歪人的房间里会有一个小小的歪歪电话。

"可是,它为什么会在杂物箱里?"

"因为它晕车,吐在收音机上了。"我说,然后顺着小径往远处跑去,我看见过那里有小木屋厕所和一个收费电话。

爸爸追上我时,我已经从口袋里掏出了那个装钱的信封,正在撕开硬币上的胶带,把硬币全都塞进电话的投币口。我不知道需要多少钱,就想着都塞进去应该够了。

"她可能还没回去呢。"爸爸说,从我手里拿过话筒,挂断了。所有的钱一下子都被退了出来,骨碌碌地滚在地上。

"我要回家!"我手忙脚乱地捡着硬币,说道,"如果妈妈还车的时候,帕布罗还在杂物箱里呢?然后帕布罗就会像那些被关在汽车后备厢里的孩子一样,被憋死了!"

"乔伊。"爸爸说,"不要变成一个汉普蒂·邓普蒂那样对我。你必须挺住,伙计。一切都会好的。是啊,我猜你妈妈过了一阵就会发现帕布罗，然后掉转车头，把它送回来的。我猜帕布罗这会儿就在前门廊上等着你呢。"

"我们去看看吧。"我不安地说，"现在就去。"

爸爸拉起我的手，我们朝小型高尔夫球场跑去。奶奶坐在一个褐色和白色的波点小蘑菇椅上，膝头放着她的高尔夫球棒。"我只是歇口气。"她哑着嗓子轻声说。

"我们必须回家。"爸爸说，伸手抓住她的胳膊肘子，扶她站起来往前走，"乔伊的吉娃娃丢了。"

"什么吉娃娃？"奶奶问，"谁也没告诉过我，这件事里还有一只莫名其妙的耗子狗。"

爸爸什么也没说，只是把奶奶搂在怀里。我已经朝汽车跑去了。真希望我有钥匙，那样我就会开车上路，去寻找妈妈和帕布罗。

回家的路上，奶奶都在用难听的话骂我的"莫名其妙的墨西哥耗子狗"。

"它一半是吉娃娃，一半是腊肠狗。"我说。

"你说的是一半耗子、一半香肠吧。"她轻蔑地吼道。

最后，我再也忍不住了，说："你闭嘴！"

"不，你闭嘴！"她立刻回道。

"不！你闭嘴！"我又说了一遍。

"不，你闭嘴！"她呼哧带喘地说。

我们一直这样斗嘴，最后车子驶入了车道，我跳下车，看见帕布罗蹲在门廊上发抖，牵它的皮带的柄缠在前门的把手上。妈妈在菱形小窗户上用口红写了一句"已经想你啦！"我一把抓住帕布罗，把它的小尖脸亲了个遍。它也亲我，呼吸里有一股狗呕吐的臭味，但我不在乎。我爱它，它也爱我，这才是最重要的。

"看见了吧。"爸爸从我后面走上来，"我说得没错，是不是？"

是的。我放下帕布罗，一把搂住了爸爸的脖子，用全身的力气把他紧紧地抱住。他完全是对的，而且在我变成一个破碎的汉普蒂·邓普蒂的时候，他保持了镇定。

"你怎么知道它在这儿？"我说。

"嘿，爸爸是做什么用的！"他开心地回答，然后把我像一袋面粉似的扛在他肩膀上，走进了家门，奶奶和帕布罗冲着对方大声咆哮。我估计他们短时间内不会消停，因为他们都从来没有对任何人或任何事让步过。

"喂，爸爸。"我逮到机会时说，"我想打棒球。"

"不愧是我儿子。"他说，"有其父必有其子。"然后他不停地说呀说，我就不再听了。

第4章
高尔夫球

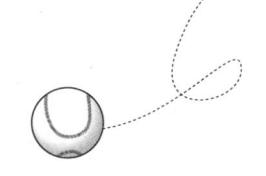

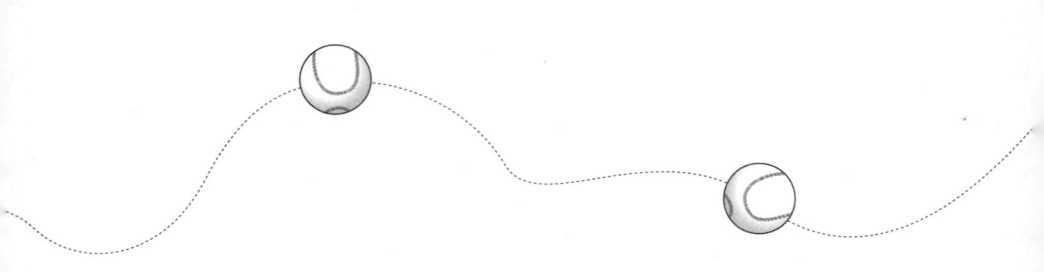

早晨，爸爸走进我的房间。我看见他很高兴，因为奶奶一阵阵地咳嗽，我几乎整夜都没睡着。奶奶使劲地咳嗽吐痰，最后发出的那声音，好像从她身体深处咳出了一个毛团。然后她清了清嗓子，终于安顿下来。就在我迷迷糊糊要入睡时，她那边却又开始了。最后，我从床上爬起来，打开我的录音机，可是电池没电了，我没法逃脱奶奶那可怕的声音，只好接连几小时啃自己的指甲，一直啃到皮肉，那味道就像小胡萝卜似的。

"你的药贴怎么样了？"爸爸问，然后拿着我那盒药贴在我的床沿坐下，"我去上班前，你需要换一贴吗？"

"要。"我回答的同时把我的书扣过来放在床头柜上，"你

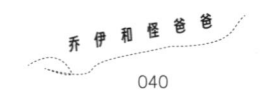

最好再留一贴给我，以防万一。"我想的是，我整天都要跟奶奶单独待在一起，可能需要多一点儿药物帮助。

"盒子上说一次一贴。"他说。他从衬衫口袋里掏出一贴药贴，递给了我。"还有一件事。"他又说，"我需要画下你的脚样，给你买一套大小合适的棒球夹板。"

他把一张纸放在地板上，我踩了上去。"顺便问一句，"他用铅笔画出脚的轮廓，抬起头来问我，"你是左手投球还是右手投球？"

"左手。"我回答，"右手接球。"

他笑了。"太好了。我们可以用一个左撇子投手。"

他站起身，把那张纸折起来。"对了，"他走出房门前说道，"我叫奶奶给你熬了些粥，不太烫。"他咧嘴笑了，我也笑了。然后他就走了，但我仍然笑着。

他一离开，我就把床单一下子扯下来，寻找帕布罗。它有一个坏习惯，会把床单咬个窟窿，然后在床垫里刨出一个地洞。我想它大概还有草原土拨鼠的血统呢。我找到它，把它拎起来，带着它转圈跳舞。"我很坏！我很疯！我是百分之百的爸爸妈妈。"我唱道。这是我最喜欢的一首歌，帕布罗也很喜欢。但我不敢带它转得太狠，不然它会吐的。

我穿好衣服，当我对着门后的镜子梳头发时，发现自己还咧着嘴在笑。到现在为止一切都好，我想。他很开心，我也很开心。接着我想起来，我整天都得跟奶奶待在一起。

我当场就决定，我要好好地对她。我想，营造气氛的选择权在我这里。奶奶总是会变成她的两个自我——一个善良而搞笑，一个刻薄而可怕。她是不会变的，因为她从来不觉得自己做的有什么不对。因此，所有的变化都取决于我。这没问题，我知道我大多数时候都会出错，所以，我一开始就尽量好好表现。如果她是刻薄的，那我就尽量保持我的好态度，直到她把我的耐心耗尽，然后我就躲起来。

我把手放在门把手上，深吸了一口气，把门打开了。我和帕布罗走进厨房时，奶奶正拿着一把黄油刀，把卡在面包机里的一块果酱小圆饼撬出来。

"睡得怎么样？"她问，声音有些嘶哑。

"你应该把面包机的插头拔掉，再把刀子塞进去。"我说，努力表现得热情一点儿，"我有一次也像你这么做，结果触电了，从柜台旁边被掀翻了。"

"唉，我已经是半死的人了，"她回答，"触一点儿电只会让我精神起来。"

"所以我才吃维生素的。"我说。

她皱起了眉头。"好吧，你想吃几个小圆饼？那只狗吃几个？"

"我们需要买一些狗粮。"我回答，"爸爸说你在给我熬粥，就像《三只熊》里的那样。"

"他就是个说大话的。"她说，"你最好习惯他的夸夸其谈，不然他会把你逼疯的。"

"我可以给我妈妈打电话吗？"我问。

"为什么不给她写封信呢？"奶奶说，"一张邮票比打电话便宜多了。"

"妈妈给了我打电话的钱。"我说。

"你想对她说些什么？"奶奶问。

"我想说帕布罗很好，我在门廊上找到它了。"我轻轻搂了一下帕布罗，它发出风笛的那种声音。

"你真以为有人会偷走那个家伙？"她用刀子指着帕布罗说。

"不要给它起外号。"我说,"它是混血吉娃娃。而且,妈妈说——"

"我不想听你妈妈在这件事上是怎么说的,赶紧给她打电话,让这事过去。"她说,然后她咬了一口烤焦的果酱小圆饼。可是她刚才说话太难听,语速太快,此刻喘得很厉害,不得不转过身,把小圆饼吐在水池里,对着氧气管深深吸了一口。她把氧气管插入柜台上一个细细的绿色氧气瓶里。

电话机固定在厨房的墙上。我拿起话筒时,奶奶吹起了口哨,似乎不想听我要说什么。但我知道,她会一字不落地全听进去。

妈妈已经上班了,我就把电话打到了那里。

"美女与野兽美发厅。"前台接待员蒂芬妮说。

"我是乔伊。"我用手捂住话筒,小声地说,"我妈妈在吗?"

"等一下,亲爱的。"她说,接着我听见她喊道,"弗兰,是你的孩子。听上去像是被绑架了。"

我听见了匆匆的脚步声。"喂。"妈妈说,"你还好吗?"

"我很好。"我说,"帕布罗也很好。真不敢相信,我竟然

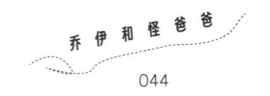

把它给忘了。"

"是啊，我刚开出不远，它就开始在杂物箱里发起脾气来，掉头送回去也不算什么大事。"

"我们去了童话世界。"我说。然后她就开始问一大堆问题，都是关于爸爸、奶奶和我的，我就回答"是的""不是""不是""是的"，就像在用语言打乒乓球似的。

"好吧，祝你今天开心。"她说，"这里没什么客人，所以我在给自己染红头发，还在做足疗。我要把我的脚指甲涂成红色，跟我的头发相配，还要买一双漂亮的凉鞋。等你回来时，恐怕都认不出我了。"

"帕布罗会把你闻出来的。"我说。

"我得走了。"她插嘴道，"染发剂流进了我的眼睛，火烧火燎地疼。"

"还有一件事。"我抬高了嗓门儿说，这样奶奶即使耳背也能听见，"爸爸真的很好。我们玩得很开心，他让我加入了他的棒球队。他要给我买棒球手套和夹板。"

"太好了。"她说，"这让我听了很高兴。好了，以后再给我打电话。爱你。"说完她就挂断了电话。

我转过身，奶奶背靠着厨房的柜台，双臂交叉放在胸前。她一边上上下下地打量着我，一边深深地从氧气瓶里吸气。

"我很高兴能跟你单独待几个小时。"她说，那口气就像被派去见校长似的，"在你想入非非之前，我想先把这里的一些事情给你捋捋清楚。这个家里的情况并不完全像卡特说的那样。"

"什么意思？"我问，然后探过身给了帕布罗一块小圆饼。

"哦，他有了一份稳定的工作，但仍然经常偷偷跑去喝酒，还给自己找了个女朋友，那女人还不清楚他是个靠不住的家伙。你要知道，他并没有变成他嘴里说的那个干净纯洁的人，尽管他是个有洁癖的人。"她指着小圆饼的碎屑，"如果他发现地板上有碎屑，准会大发脾气。"她警告道。

"你是想吓唬我吗？"我问，蹲下身把碎屑捡起来。

"不，我只是希望你知道，你踏入的是个什么境地。跟他一起生活不是件容易的事，每天我都在想，我应该坚持守在你和你妈妈身边的。"

"我还以为你掉进下水道了呢。"我说，"我在铁栅边找到

了你的一只鞋。"

"我跳上了一辆公共汽车。"她说,"我还到处找那只鞋子来着。"她哈哈大笑,接着笑声变成了一阵咳嗽,咳得她弯下了腰。当她直起身来时,举起一根手指,竖在我的面前。"给你一句忠告。"她说,"如果你想跟你爸爸住一段时间,就不要把这里发生的事情全都透露给你妈妈。如果她知道了那个男人脑子里的所有念头,准会一眨眼的工夫就把你接走,你就再也见不到你爸爸了。"

"我想我要去换药贴了。"我说。我从地板上抓起帕布罗,三步并作两步地走回了自己的房间。也许爸爸过去做过一些坏事,我一边想,一边撩起衬衫,伸手摸到肩膀后面,撕下那贴药贴。但是他像我一样,应该得到第二次机会,而且我希望自己对他做出判断。我稍微换了个地方,把新药贴贴了上去,按摩了一分钟,让它发热、起效。

"你不可能整天都躲着我。"奶奶大声喊道,然后使劲敲门,"我给我们制订了宏伟的计划。"

"什么?"我叫道。我不知道把撕下来的旧药贴放在哪里,就把它夹在了我正在读的那本书里。

第 4 章 高尔夫球

"高尔夫球。"她朝我喊,"快点,让我们行动起来吧。"

我打开门,盯着她看。她把自己跟氧气瓶连在了一起,氧气瓶被塞在一个蓝色的背包里。长长的塑料透明管从瓶子顶部穿过她的衬衫下面,再从她的领子后面出来。管子分成两股,分别绕过她的耳朵,会合在一个鼻夹上。鼻夹夹在两个鼻孔之间那层薄薄的肉上。两股小气流呼呼地冲向她的鼻子。这套东西看上去就像科幻电影里的服装。

"不许笑。"她警告我,"不然我就用二号铁头球棒打你。"

其实没什么可笑的。在我看来,简直有点儿可怕,如果有人把氧气开大,她准会膨胀起来,像气球一样爆炸。

"信不信由你。"她说,"我一直在盼着你来。我把这东西装起来时,你爸爸总取笑我。他说我看起来就像那些靠生命维持系统活着的病人。所以我一般不用,每次要做什么事情时,一半的时间都喘得像一条老猎狗似的。"

"你想要做什么呢?"我问。

"如果你还跟过去差不多,就需要到处跑动跑动,所以我想了个计划,对咱俩都合适。来,抓住我的氧气瓶。我们到公园去,我击几个球让你接。"

"好的。"我说。我不确定能不能拒绝。

我跟着她出门来到前门廊。"扶我坐进我的小车。"她说，指着人行道上的一辆购物车，购物车的底部放着一个旧沙发垫。我准是露出了一脸的迷惑，只见她踢了踢门廊上的一把小折叠梯，说道："用这个。我本来有一个放氧气的小推车，可是卡特说租金太贵了，现在就让我用挂肩包装氧气瓶。这太重了，我根本走不了多远。"

我把折叠梯放在购物车旁边，用一只手把它稳住，用另一只手扶奶奶爬了上去。我举起她的氧气瓶，从小购物车侧面递进去放在她腿上。我把装着旧高尔夫球的锡桶放在她的两脚之间，把那根二号铁头球棒塞在她身边。

"别忘了把梯子折起来塞在下面。"她吩咐道，"不然我就没法下去了。"

我照办后，抓住帕布罗，用皮带把它扣在宝宝座上。我推车顺着人行道往前走，拐到了马路上，奶奶调整着她的那把小阳伞。

"知道吗，我总是能读懂你的心思，乔伊。"她打开了话匣子。她的声音很尖，穿透了购物车轧过柏油路的嘎嘎声。

第 4 章　高尔夫球

"我总是能看穿你那双滴溜溜乱转的眼睛,知道眼睛后面的你在胡思乱想些什么。"

"我不明白你的意思。"我说,可是我立刻注意到我的双手在发抖,我感到有点儿焦躁不安。

"我知道你琢磨着能让你爸爸妈妈重新在一起。别对我说我猜错了,因为世界上没有哪个孩子,在父母分开后不想着让他们重归于好的。可是给自己行个好,忘记这件事。那两个人应该分开。"

"我只是来看看爸爸。"我说。

"我希望这是实话。但是就在那天,他还说他梦想着全家团圆呢。"

我的心怦怦跳了起来,因为奶奶说的正是我跟妈妈开玩笑提到的事。在车里,妈妈叫我别再想着她还会喜欢上爸爸,永远别想。可是现在,听说爸爸暗地里希望全家团圆,这让我感到很困惑。我不知道该说什么,就让话题又回到高尔夫球上来。

"你打得怎么样?"我问。

"还不错,因为我经常练习。你爸爸拿着我攒的所有香烟优惠券，跑去给我买了一套入门球杆。我不知道他是为我好呢，还是想让我运动致死。"

对此我还是无话可说，就保持沉默。

到了公园，我只把车往草地里推了一段距离，轮子就卡住了。我拿出折叠梯，把奶奶从车上扶下来。然后我把氧气瓶放在购物车前面的角落里，好让奶奶有一节较长的管子，可以在周围走动，就像航天员在太空里行走。

"跑出去大约五十米。"她用手指点着说，"然后我击几个球给你。"

"我有头盔吗？"我一边问，一边把帕布罗解了下来。

"没有。"她说，"当心点，别让球打中你的脑袋。如果你回家时宝贵的脑袋上有个坑，你妈妈准会大发雷霆。"

"我的眼睛呢？"

"把这个戴上。"她说着把她那副粉红色的老太太墨镜扔给了我，"行啦，别再发问了。赶紧去吧。"

"快走，帕布罗。"我喊道，我们在草地上跑了起来。我一边跑，一边必须用一只手把眼镜按在我脸上，因为它太大了，感觉就像马戏团里小丑戴的眼镜。我扭头看去，奶奶正用一只手关掉氧气瓶,另一只手拿着一支香烟。我估计不出三十秒,她就会击出一个球,砸中我的脑袋。

我们刚跑出大约五十米,帕布罗就离开了。它绕了一个小圈,然后蹲了下来。它的整个身体开始颤动,好像正在北极屙屎。我抬头看着奶奶。她脸上笑眯眯的,用球棒的头瞄准我们,然后抡杆开球。

"快,帕布罗。"球落在大约十米开外,我说道,"她击球很厉害呢。"

我听见她又开出一球。我抬头看着空中,但是球消失在了一团白云里。接着,砰!它落在了更近一点儿的地方。帕布罗把屁股翘在半空,似乎已经办完了事。

"快,你不希望她一杆进洞吧。"我说,"快行动起来。"帕布罗照办了,开始绕着"8"字跑圈。

一旦我习惯了在空中把球找到,就很容易追到它们了。我让它们落在地上,再把它们扔回奶奶用球棒够得到的地方,把它们再开出来。

每次奶奶点燃一支烟,就关掉氧气瓶,每次抽完一支烟,就把氧气瓶打开。我们就这样练习了将近一个小时。我喜欢待在户外,带着帕布罗在草地上奔跑。这正是妈妈希望能给我提供的活动呀。我多么希望她在这里,看到我跟奶奶在一起做的事情并不都是可怕的。

我捡起一个球,看着那边的奶奶,准备迎接她的下一个球。她把高尔夫球棒抡过头顶,就在那一瞬间,我看见她的氧气管绕在了她的球棒头上。

"不要挥!"我喊道。

她大力地挥杆,脸上带着微笑,因为帕布罗已经停下来休息了,她用眼睛瞄准了它。球棒突然击中了球,与此同时,氧气夹从她鼻子里被扯了出来。她脑袋往前一冲,身子一个趔趄,跪在了地上。

我向她跑去时,球从我的头顶嗖嗖飞过。等我跑到她跟前,她已经用球棒撑着爬了起来,正双手叉腰站在那里。一道细细的鲜血从她的上唇蜿蜒流淌下来,绕过她的嘴角。太阳照得鲜血非常刺眼。

"在我做过的所有缺心眼、没脑子的事情里,这一件算是最离谱的了!"她气冲冲地说。

"你没事吧?"我问,"你流血了。"

她用手抹了一下嘴。"千万不要活到老，"她对我说，"不然你肯定会后悔的。我向你保证。"然后她弯下腰，开始咳嗽，咳得似乎永远停不下来，鼻血溅得满脸都是，像刚跟人打过架似的。帕布罗看到鲜血，兴奋得疯了似的。

"坐下吧。"我对奶奶说。

"不，坐下我就再也起不来了。"她吃力地喘着气回答，"送我回家吧。"然后，她像是用了最后一口气说道："叫那汪汪乱叫的大耗子闭嘴。"

"嘘。"我对帕布罗说，"嘲笑别人的错误是不礼貌的。"

"你怎么知道它在笑？"奶奶呼哧呼哧地说。

帕布罗不是在笑。但我不想告诉奶奶，帕布罗一看见血就歇斯底里。

我捡起氧气夹，递给了奶奶。她用牙齿把它咬住，使劲呼吸，最后总算安静了下来。我把其他球都捡起来，跟球棒一起放回了车上，然后扶她爬上折叠梯，舒舒服服地坐在她的小垫子上。我吭哧吭哧地又推又拉，把小车弄出了草地，回到柏油路上，朝家里走去。

到了家里，我把奶奶领进了卫生间。"坐在马桶圈上。"

我说,"我给你洗干净。"我打开药品柜,找到一瓶双氧水。我倒了一些在纸巾上,给她擦了擦鼻子和上唇,她疼得左躲右闪。只是一个很小的伤口,但她说疼得要命。

"我需要休息一会儿。"她说,声音听上去很疲倦,"我不像以前那么能做事了。幸亏我不需要整天追着你跑。"她站起身,拖着脚走到沙发那儿打盹儿去了。

我知道,如果我跟疯狂的人在一起,就会激发出我内心的疯狂。但是我告诉自己,我的药会帮助我保持平静,不管我跟谁在一起,都要靠自己深吸一口气,仍然要为自己做出正确的决定。我偷偷溜进爸爸的房间时,心里就是这么想的。我想看看他房间里什么样,他有没有把我在童话世界拍的照片放在梳妆台上。我打量着四周,注意到每样东西都放得井井有条。一分、两分和五分的硬币整整齐齐地被码成几摞。小火柴盒像多米诺骨牌一样排成一列。有一个放牙签的小罐子,还有一个配套的放棉签的小罐子。但是没有我的照片,只有一个红头发高个子女人的照片,她穿着棒球服,正把球棒挥过头顶,似乎要击打那个照相的人。照片旁边是一个棒球,放在一个类似高

第 4 章　高尔夫球

尔夫球座的东西上,我就把它拿了起来。我想练练投球,我想爸爸不会反对的。

我来到外面,把球从院子一头扔向另一头。我挑了一些投球的靶子,比如旧罐头、破花盆、一个空鸟屋,还有浇花的喷头。我喜欢投球,因为我投得很好,而且,一次又一次地击中某个东西,使我不再去想奶奶说的爸爸想要全家团圆的话。

爸爸回家时发现我在院子里。他手里拿着两双棒球手套,扔了一双给我。"戴上试试。"他说。他脸上笑着,脑袋前后晃动。我把手指套进去塞进洞里,感觉很合适。

"现在把它举到脸前,好好闻闻。"他说。

我照办了。

"你闻过比这更好闻的气味吗?"

"没有。"我说,然后又闻了闻。

"好,到院子的另一头去,用你最大的力气朝我扔一球。"

我照办了。我身子往后仰,让球飞了出去。砰的一声,球正中他的手套。"哇,"他说,"很带劲。"可是,当他把球从手套里掏出来时,眼睛顿时瞪大了。"这球你是从哪儿拿的?"他问。

"你的房间。"我轻声说,因为不知道我是否可以进他的房间。

"我说,这可是我的罗伯托·克莱门特的签名棒球。"

"那又怎么样?"我说。

"你妈妈是把你藏在石头底下的吗?"他问,"你不知道克莱门特是谁?"

"我不怎么跟别的孩子玩。"我说,"他们都取笑我。"

他专注地盯了我一会儿,似乎想要拿定主意,是生气还是不生气。接着,他的嘴上浮现出那个大大的、独木舟似的笑容。

"好吧,我相信罗伯托不会反对训练下一个赛扬奖冠军的。"他说着就把球朝我扔来,用拳头击了一下手套。"直接入袋。"他说,"把罗伯托带回家给老爸。"

我身子往后一仰,又把一个球投向院子那头,正好落在他拳头打过的地方。砰!

"哇。"他又感叹了一声,"别担心孩子们取笑你。从现在起,他们都会缠着你要签名呢。好小子,你的胳膊像炮弹一样。"

"我告诉过你,我扔东西很厉害的。"我说。

"你会击球吗?"他问。

"不知道。"我说,"这部分还从来没试过。"

"好吧,我们明天会弄明白。"他说,"我带你去参加一场比赛。"

"我今天给妈妈打电话了,对她说我进了你的球队。"

"她怎么样?"他问,把球扔给了我。

"很棒。"我说,球啪地落进我的手套,"她正把头发染成红色。"

爸爸扬起了眉毛,那个独木舟似的笑容在脸上来回摇晃。"她一直是个靓丽的红发女郎,"他说,"我对红头发情有独钟。"然后,他看上去有点儿恍惚,似乎在想念妈妈。我想把球再扔过去,又担心会砸在他的脑袋上,就让他独自想了一会儿。

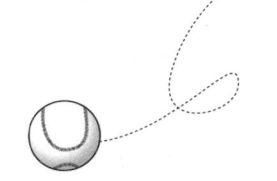

第5章
洞穴人

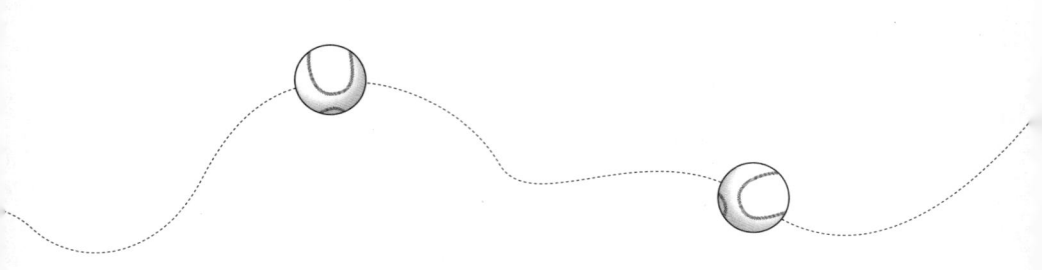

"我真想抽支烟。"爸爸说,"我都闻到烟味儿了。"他扯起 T 恤衫的袖子,从肩膀上撕下尼古丁贴片,把它贴在仪表板上。"我不明白为什么要贴这些该死的贴片。"他说,"它们对我一点儿用也没有。"

说着,他把手伸到遮阳板上,掏出一包香烟,我看见了他胳膊上的骷髅头文身,就在刚才贴片所在的地方。

"我也想要一个。"我指着文身说。

他看了一眼自己的肩膀,皱起了眉头。"那是一个永远撕不掉的贴片。"他说,把一支烟伸向自己的嘴唇。

"也许我可以弄一个药贴文身,那样就再也不用换药了。"我打趣道。

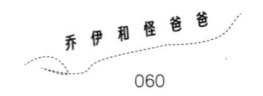

"哎，我真是受够了这些贴片。"他说，"对我管用的是这个。"他点燃香烟，吸了一口，"有时候，我宁可生病也不愿吃药。你明白我的意思吗？我在巴拿马工作的时候，一个医生给了我一种抗疟疾的药，他说：'记住，只有必要的时候才吃，否则，它们在把你治好之前，可能就要了你的命。'"

我想谈谈文身的事，可是他已经开始自说自话了。我知道我应该好好地听，因为对于一个你与他相处很少的人来说，只有这样你才能了解他。可是，我的脑子被其他事情占据了。我在想，离开妈妈使我感觉不一样了。就像有一个乔伊是妈妈的，还有另一个乔伊是爸爸的，我变成了两个乔伊。妈妈的乔伊不想要文身，但爸爸的乔伊想要。

"爸爸，你有没有感觉同时像两个人？"我问。

他没有回答。他吸了口烟，说道："你知道，我对小孩子从来没什么兴趣。但是在我上次被捕后，我必须做一些社区服务，比起跟一帮疯疯癫癫的酒鬼在路旁收垃圾，当教练的机会要强得多，所以现在我是警察体育联盟一支儿童球队的教练。你知道，就是一帮当地的小孩子，他们如果不打球，就会在暑假里惹是生非。所以你不用害怕他们。"

我不害怕他们，倒是有点儿害怕他。他已经是个罪犯了。"你为什么被捕？"我问。

他转过脸，对我笑了，然后转回去把烟蒂扔出了窗外。"罪名很普通。"他说，"愚蠢。就是一般的愚蠢。"

"真的？"我将信将疑地说，"我以为必须做了什么蠢事才会被捕，而不仅仅是愚蠢。"

"是啊，这话不假。"他说，"我确实做了件蠢事。"

"什么？"

"我咬了一个人。"

"你是说像狗那样？"

"是啊，差不多像狗那样。"

"你咬了他哪里？"

"鼻子。"他说，然后捏起发红的鼻尖，用拇指和食指揉了揉，想要把它擦亮似的。

"哇！"我说，在座位上动了动，"哇！你知道我为什么被赶出学校，被送进了特殊教育学校吗？"

"不知道。"他说，"你做了什么皮格扎式的蠢事？"

"我不小心用剪刀剪掉了一个女生的鼻尖。当时我拿着剪

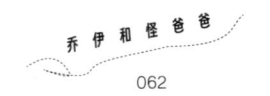

刀跑，一下子被她绊倒了，就把她的一小块鼻尖剪掉了。你能相信吗？你也是摔倒了吗？"

"不是。"他说，又点燃了一支烟，"我没有摔倒。我是冲动了。我当时在酒吧里，一个家伙抓起我的啤酒，一饮而尽，我顿时就气疯了，用手揪住他的两只耳朵，不等他挣脱，就咬了他的鼻子。"

"你是说，你的那件事不是意外？"我说。我不住地看着他嘴里锋利的黄牙，似乎他就是那只大灰狼。

"不是。"他回答，"不是。听我说，乔伊，我知道你想跟我展开父与子之间的促膝长谈，我并不是不想跟你长谈，但你要意识到，我其实只想跟你谈未来，不谈过去。我的过去一无是处，乔伊，我没有让我感到温暖怀念的往昔的好日子。我的过去，就像咬鼻子那件事，多半是可怕的和丑陋的，所以实话告诉你，我宁可谈论一些新的时光、现在的时光；我宁可带你去看童话世界，打棒球，创造新的记忆。"

"就连跟妈妈之间的事，你也不愿意谈吗？"我问。

"不愿意谈。"他回答，"绝对不谈。我做过的最糟糕的事就是跟你妈妈把关系搞砸了，我一想起这件事就感到难受。"

第 5 章　洞穴人

"但我以前对她也很不好。"我说,"差不多惹恼了她一百万次。她每次都原谅了我。"

"怎么说呢,在鼻子的事情上我们可能有共同点,但是在获得妈妈原谅方面就不是了。她再也不愿意跟我有任何关系。"他说。

"奶奶告诉我,你偷偷梦想着全家团圆呢。"我大着胆子说。

"奶奶什么秘密也藏不住。"他说,"她比帕布罗还要爱嚷嚷。确实,我可能说过那句话。我灌下几瓶啤酒之后,什么话都说得出来——我是那种喝酒的人:每喝光一瓶啤酒,就要用眼泪把瓶子灌满。"

我们把车停进了警察体育联盟球场的停车场,就在挡球网的后面。

"爸爸。"我笑嘻嘻地说,"我们刚才好像有了第一次交谈。"

"我相信还会有更多次。"他说,望着窗外的球场,我看出他已经心不在焉了。他从仪表板上揭下他的药贴,啪地贴回到肩膀上,然后打开了车门。"不过现在我们有一场比赛要打，我要把那些孩子好好修理一番。你就坐在场边的长凳上，看着我带他们训练吧。"他绕到车后，打开后备厢，掏出了一个装着球棒和球的大袋子。

"至于今晚嘛，"他说，"我认为你不会上场，但是别难过。你是队里新来的孩子，我必须用正式队员，但只要有机会，我就把你换进去，所以，眼睛盯着比赛。"说完，他伸出一只手揉了揉我的头发。我真喜欢这感觉，超过了喜欢他说的话。

突然，他扭头朝那些队员喊道："好了，小子们，加快脚步！你们不愿意一辈子都当失败者，是不是？"然后，他开始大力地朝他们发去地滚球，使他们像鸽子一样四散逃开。

我无事可做，感到自己像个局外人，就开始想办法消遣一下。我从车里拿出一支钢笔，在我肩膀上画了一个骷髅文身。我解开我的鞋带，用爸爸那种花哨的方式把它们重新系上。有个孩子留下了一袋花生，我就拿出几颗剥开，嘴里吹着蒂华纳铜管乐队磁带里的那首《花生》。我把一颗花生塞进一个鼻孔，然后用手指堵住另一个鼻孔。我用全身的力气一喷鼻子，花生就从鼻孔里飞了出去，像巴祖卡火箭筒里的火箭。爸爸跑过时，我朝他扔了几颗花生，有一颗砸到了他脖子后面，

第 5 章　洞穴人

他啪的一巴掌拍住了它,就像那是只小虫子。

我刚把一颗花生塞进我的鼻孔,就有一个穿棒球服的红头发高个子女人走进了场边休息区,她肩头背着一个很大的装备袋。一时间,我还以为是妈妈在偷偷靠近我呢。"那么,"她说,把袋子扔在板凳上,腾起一股灰尘,"你就是卡特跟我说过的那个新替补?"

"我不太确定。"我说。我的声音有点儿嗡嗡的,像一支卡祖笛,因为那颗花生在我的鼻子里震动,"我还没有打过球,所以不知道。"

"是啊,你得有了合适的装备才能上场。"她说。她拉开袋子的拉链,把手伸进去。趁这个机会,我假装打了个喷嚏,让花生落进了我手里。

"祝福你。"她说。

"谢谢。"我回答,"想吃花生吗?"我把手心里的花生向她递过去。花生看着有点儿黏糊糊的。

"是从你鼻子里出来的吧?"她问,然后双手叉腰,眯起眼睛看着我,"你爸爸就是这么干的。他把花生塞进鼻孔,朝别人喷射。不过,他一般都是先喝了几杯酒。你喝酒了吗?"

"没有。"我说,"从来没喝过。但是我和爸爸确实有很多共同点。"我把那颗花生扔到了栅栏外。"这份儿小点心就算了。"我说,然后搓了搓双手,"我只是想表现得礼貌一点儿。"

她耸了耸肩,从袋子里掏出一件运动衫。"我想,这是给一个叫皮格扎的孩子的。"她把运动衫递给我。

我把它展开。黑色的前面印着"钢铁城体育"几个字,浓浓的黄色油墨像在公路上用的那种。我把衣服翻过来。背后是一个大大的数字"17",上面印着"J. 皮格扎"。"你怎么知道这是我的幸运数字?"我问。

"我有一些内部情报。"她说着朝爸爸那边点了点头。爸爸正在责骂一个太爱黏着妈妈的小孩子。

"你还需要一顶帽子。"女人说。她从袋子里掏出一顶帽子递给我。帽子前面用闪亮的金线绣着"S.C.S.","还有夹板。大小合适吗?"

不大不小。"合适。"我说。

接着她掏出了我见过的最棒的一件东西。一个黑色的吸汗带,上面绣着一个黄色数字"17"。"这不是让你戴在手腕上的。"她对我说,"我知道你有一个小伙伴——你可以把它箍在它的肚子上。"

"太酷了。"我一边说,一边出神地盯着它看,"帕布罗会喜欢的。"

"好了,换上你的运动衫吧。"她说,"没有一件正式的'警体联'运动衫,你就不能参加比赛。"

我把我的衬衫从脑袋上扯下来,就像上面爬满了红蚂蚁。我穿上运动衫,贴着我扁平的肚子把它抹平,使劲吸着印字的橡胶味。

"你需要一条棒球裤。"她说,"卡特忘记告诉我了。"

我低头看着我的牛仔裤。

"你可以穿着身上这条,但是要让自己显得很专业,你必须有一条配套的裤子。你腰围是多少?"

"我不知道。"我说。

她探过身,把拇指按在我的肚脐眼上,用手量出了我的腰围。"真瘦。"她说,"你需要增肥。"

"像汉塞尔那样?"

"差不多吧。"她说,"我是说,如果你想打比赛,就需要

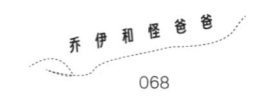

增加几磅体重。我认为你爸爸必须让你每天吃一份大尺寸的比萨。"

我咧嘴笑了。我最爱吃比萨了。"多加奶酪,多加蔬菜!"我唱道,好像在打电话订餐似的。

"你的愿望就是我的命令。"她也唱道,然后从口袋里掏出一个手机,开始拨号,"喂,我想订一份外卖比萨。是的。多加奶酪,多加蔬菜。是的。什么?"

爸爸正冲一个孩子嚷嚷,叫他集中注意力,不然就要让他好看。女人用手捂住手机,喊道:"喂,卡特。闭嘴!我在订比萨呢。"

爸爸张着大嘴转过身。

"这就对了。"她说,"别说话。"然后她对着手机说,"克莱门特纪念碑旁的警体联球场。对。钢铁城体育。现金支付。好的。"她挂断了电话。

"顺便介绍一下。"她说,伸出了一只手,"我是丽兹·菲德尔,你们球队的体育商店赞助商,也是每个比赛日稳住你爸爸,不让他横冲直撞的那个姑娘。"

"很高兴认识你。"我说。

"我们还会经常见面的。"她回答,"现在,我最好去让教练冷静冷静,不然他脑袋就要爆炸了。"

爸爸正在威胁一个孩子,说要用纸胶带缠住他的眼睛,强迫他"凭本能打球!像该死的天行者卢克那样!"

丽兹走过去,站在他身后。丽兹比他高,猛地把他的帽檐扣下来,盖住了他的眼睛。他转过身,一副想要打架的样子,但这时候丽兹已经跑进外场去接高飞球了。

比赛开始时,爸爸还是很平静的,也能好好指导队员,但我知道好景不长,因为我看着他,就像看着一个大号的过去那个疯癫的我。他把队员们都召集到身边。"好,"他说,"我们能狠狠打那些家伙。我们能让他们看到谁才是失败者。我们能轻松赢下这场比赛,回到第二名。现在,我们开始打球吧!"

然后,他把比赛用的球塞进了投球手的手套里。"维吉尔,投出热度。最重要的是有热量,又高又硬的热量。上次他们击败了你的变速投球。这次只有热量。明白吗?没什么特别的。记住,炮弹不需要弧度、滑行或分指扣球——它只需要做好一件事——发射热量。现在快去吧,让他们看看你的胳膊是一门大炮。"

维吉尔默默地点着头,直到爸爸在他后背上拍了一记,他才朝投球区土墩跑去,似乎是从大炮里射出去的。

"击球手就位。"裁判刚跑出本垒就大声喊道。

爸爸立刻开始来回地踱步,冲着对方队员大喊。"没有击球手!"他嚷嚷道,"击球手拄着拐棍呢!"

维吉尔探过身,似乎投出了一个反手高球。

"坏球——"裁判像牛叫似的说。

"凭什么说是坏球?!"爸爸吼道。

接球手把球扔回给维吉尔,比维吉尔刚才投球时的力道大。我没有打过球,但我知道,投球手应该比接球手扔得更用力才对。

"现在让他看看大炮!"爸爸对维吉尔咆哮,"再加一点儿烟!"

维吉尔投出的还是那种慢球。

"两次坏球。"裁判喊道。

爸爸腾空跳起来。"坏球?"他喊道,"连一只导盲犬都知道那是一个好球。"

在维吉尔下一次投球时，击球手把球猛地击到场外，得到一个二垒安打。

"我说过要投出热量，孩子。热量！"爸爸尖叫道，"这不是儿童棒球赛。"

下一个击球手打出一个二垒安打，然后转给第一个击球手。接下来的击球手狠狠地击中球的中间，维吉尔赶紧闪到旁边，侧身倒地。

"快。"爸爸哀叹道，"在土墩上表现出一些恶意吧。想象你是在往老师的窗户里扔砖头。"

维吉尔脑子里想的肯定是一块很重的砖头。他吊了个高球，那孩子把它击出了场外。

"哎哟。"丽兹说着皱起了眉头。她从板凳上站起来，想去安抚爸爸，因为爸爸一个劲儿地来回跳脚，骂了维吉尔和裁判一大堆难听的话。对方教练冲他大声嚷嚷，说这是一次家庭活动，要爸爸"注意自己的语言"，不然他就要向管理部门举报。这时，丽兹已经用胳膊搂住了爸爸，幸好她比爸爸个头儿高大。她扳着爸爸的脑袋让他扭过身来，就像爸爸是一头小牛，她要把他摔倒在地，用绳子捆起来。

当维吉尔结束这一局时，我们已经落后了七分。爸爸在板凳的一头坐下，把运动衫掀过头顶，一动不动地坐着，直到再次下场投球。第四轮结束时，我们零比十五落后。

"好了，皮格扎。"爸爸说着，把球扔给了我，"让他们看看热量是什么意思。"

"我？"我说。

"没错，你。"爸爸回答，然后他把我拉到一边，"在你去土墩前，还有一件事。"他说，"我要给你讲讲我的'投球手专用'动员令。"他用胳膊搂住我，我们往旁边走了几步，避开其他队员。"好，"他继续说道，"关于棒球，你只需知道这点就行了。这项运动很古老，可以追溯到男人从动物变成人，开始互相仇恨的时候。总结起来就是——一个拿棍子的洞穴人对一个拿石头的洞穴人。你就是那个拿石头的洞穴人。记住，石头法则。石头永远都是掌控全局的。只要是你控制石头，拿棍子的洞穴人就什么办法也没有。好了，快去吧，让他看看谁才是更厉害的洞穴人。"他拍了一下我的屁股，没等我反应过来，我就朝土墩跑了过去，根本不知道自己要做什么。

当我穿过内场的草地时，对方休息区的一个孩子喊道：

"神秘的投球手！"

我是个秘密武器，这让我很开心。我站在土墩上，看着两边的休息区和坐在看台上的那些人。他们中一半人希望我搞砸，另一半人希望我成功。这就跟我在学校里差不多，有的孩子希望我变好，有的巴不得我做出什么出格的事，弄得老师抓狂，没法继续上课。

我不管是好是坏，总会有人支持我。没想到，这是为我打棒球做准备呢。

"好。"接球员喊道，"往这儿投。"他用拳头捶了一下手套，给了我一个目标。击球手准备好了，我就往后一跃，把球尽力投了出去。砰的一声脆响，球正中裁判的头盔。

"一次坏球。"裁判声音嘶哑地说，往后踉跄几步，调整了一下头盔。

"投出那个热量球的是我儿子！"爸爸嚷道，把双臂举过头顶挥舞。然后他用双手拢住他的大嘴，朝对方教练喊道："当心我的儿子！他是个洞穴人。"他又转向我："让他们看看你的本事，皮格扎！"

我投出的第二个球在击球手脚边砸起一阵尘土，他跳着脚，一路跑向了挡球网。从那一刻起，我就知道他怕我了。我是拿石头的洞穴人，他只能被动地站在那里等待，而我使劲眯起眼睛看着接球手，似乎我眼睛近视得没法儿自己系鞋带。我投出的第三个球打中了接球手的膝盖，他痛苦地倒在了地上。我越战越勇。我往后仰得那么厉害，手几乎碰到了地面，然后猛地跳起来，把一个冒烟球投到了正中间。

"好球！"裁判喊道。

一旦我瞄准了目标，击球手就没有机会了。我打了他两个三振出局。然后我又投出六个球，这一局就结束了。这对我来说太轻松了。我跑出球场时，爸爸满脸是笑，他那独木舟般的笑容在大海上航行。

"可怕的热量。"他说，"你把他们击败了，洞穴人。你碾压了他们。哇！来，跟我击个掌。"说着，他举起了手掌。

我像要投球一样全身绷紧，用最大的力气打向他的手。他肯定比我疼多了，因为我是有心理准备的。

"现在你来跟我击个掌。"我说着举起了我的手掌。我看到他脸上怒气冲冲的，我知道他特别想报一箭之仇。等他全力地把手挥过来时，我在最后一秒钟把手抽走了。他向前一冲，失去了平衡，跌跌撞撞了几步，抓住铁丝网围栏，稳住了身子。

这时候，我已经笑得像一只斑点鬣狗似的，前仰后合，丽兹和一群目睹了这一幕的家伙也都哈哈大笑，爸爸只好咬着嘴唇，平静下来。我可以看出他并不认为这件事很搞笑，但我觉得这是我做过的最搞笑的一件事。我望着那些队员，看得出来，他们看到疯狂的教练受到自己儿子的捉弄之后，都开始喜欢我了。我总是有办法让人们站在我这一边。

"我会找你算账的。"爸爸说，尽量让自己的语气不那么恼怒，但是脸气得通红，"你给我留点神。"

"对不起。"我小声地说。

"行了，闹够了吧。"爸爸振作起了精神，说道，"我们落后了十五分。如果这一局不能得分，裁判就会结束比赛，因为我们被打败了。所以，我们拿出点勇气来吧。快去，狠狠地击中几个球。"

第一个击球手是个小脸的高个子男孩，名叫笛福，他像个螳螂似的站在本垒。他三振出局了。第二个家伙得到一个安打。下一个自由上垒。再下一个也是自由上垒。几个垒都有人了，接下来的那家伙胳膊都没挥就三振出局了。

"哦，看在上帝的分儿上！"那孩子拖着脚走回场边休息区时，爸爸朝他嚷道，"你在那儿做什么？冥想吗？"

突然大家都在东张西望。"下一个击球手呢？"裁判叫喊着问爸爸。

"乔伊。"爸爸说，他冲我一笑，因为他还等着找我报仇呢，"你是下一个。现在，让他们看看你是个双重麻烦。既是投球手又是击球手。快去吧。拿到几分，让我们不再感觉自己是一群失败者。"

"我从来没有击过球。"我说。

维吉尔递过他的球棒。"用这个，"他提议道，"不然你爸爸就要用它打我了。"

"别听他的。"我小声对维吉尔说，"连他的亲妈都说他只是耍嘴皮子的。"

我来到本垒，站在那里，脚趾贴着本垒的边缘。

"你最好退后三十厘米左右。"裁判说，"不然那家伙会打中你的。"

我退后一步，等待着。我看见投球手摆好了姿势。我看见白色的球离开他的手,就抡起球棒。我什么也没击中。

"第一击。"裁判喊道。

我又抡起球棒。"第二击。"

我又抡起球棒。"第三击。比赛结束。"

我连边都没摸着。我回到爸爸身边时,他说:"你就好像在那儿劈柴似的。"他踢着脚下的土,似乎想在地球上留下一道伤痕。

"我尽力了。"我说,"我告诉过你,我从来没做过这事。"

"对不起。"他回答,"我有时候有点儿太紧张了。我真想偶尔也赢一回。"

"喂。"丽兹说。我发誓我看见她伸手在爸爸的胳膊后面拧了一把,似乎在把他的紧张刻度盘调小一点儿,"投球太棒了。首次亮相很精彩。如果这是两大职业联盟的比赛,你已经被说成是今年的新秀了。"

我朝她露出微笑。我真想永远站在那里,脸上挂着傻乎乎的笑容。突然,送比萨的货车停了下来,一个男人跑出来,一脸的迷茫。丽兹朝他招手。"在这儿。"她喊道,"你来得正好,给未来的诺兰·莱恩加一餐。"

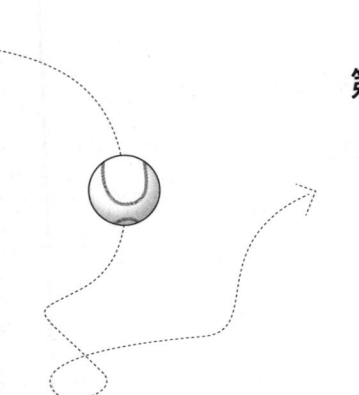

第6章 思考

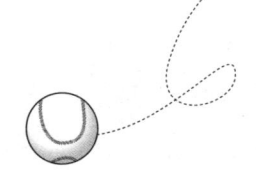

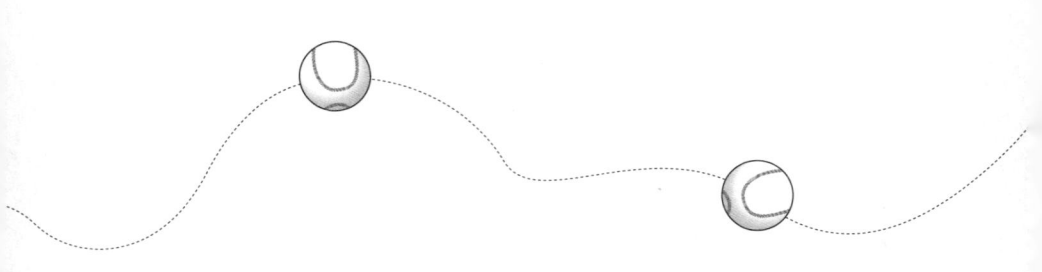

醒来后，我用一只脚探了探，可是帕布罗已经从床脚爬了出去，踮着脚离开了房间。我让卧室的门开着，让它能溜出去小便。昨天我把门关上了，它就尿在了奶奶留在壁橱里的一双毛巾布拖鞋上。我没有把拖鞋的事告诉奶奶，趁她又去前门拿快递来的氧气瓶时，把拖鞋塞进了厨房垃圾桶的底下，然后把手洗干净。

我一骨碌下床，手脚着地，跳了起来。我走向我的五斗柜。现在我和爸爸形成了一个规律，如果他要去上早班，就给我留一贴药贴，放在一个玻璃烟灰缸里。

可是，今天早晨烟灰缸里没有药贴，只有奶奶的两个烟蒂，我就知道奶奶偷偷来查看过我的东西了。而且我估计爸爸肯定还没起床。

我穿上牛仔裤,去寻找帕布罗。走进厨房时,奶奶正从氧气瓶里吸氧,声音那么响,就像有人在给自行车打气似的。

"你好,睡美人。"她说,嘶哑的嗓音像一块木板拖过石子路,"我一直等你起床,等了两个多小时。"

"爸爸起来了吗?他没有给我留药贴。"

"我的烟没了。"她哑着嗓子说,"我难受极了。你爸爸出去了,说他要去思考一些重要的事情。"

"我只有应急的钱。"我说。

"那就行。"

"我不想把钱给你。"我说,"除非你告诉我爸爸在哪儿。"

"他走了。"她说,"那男人做的所有事情都是胡闹,现在又在胡闹什么,他对他的每一个'了不起'的想法都爱得不行。我说,暂时把他忘掉,思考一下这件事吧,少爷。"她停住话头,呼哧呼哧地吸了口气,"你不给我钱,我就不给你狗。"

"帕布罗!"我喊道,然后左右看了看,弯下腰检查桌子底下。"帕布罗!"我转过身面对奶奶,"你把它放在哪儿了？"

"它没事。"她说，"给我五美元，我就告诉你。"说着，她把一只手朝我面前一伸，就像猴子音乐盒上猴子的动作一样。

"好吧。"我同意了。我走进卧室，把手伸进我的枕套。我把妈妈给我的钱藏在枕套里了。我有一张二十美元的钞票和那些硬币。回到厨房后，我不假思索地说："你只能拿五美元。"

"你放心。"她说，"我会把找的钱给你。"

我递过二十美元的钞票，她手疾眼快地抢了过去。

"帕布罗在哪儿？"

"去电视柜里找找。"她说，嘶哑的声音突然卡住，一阵剧烈的咳嗽使她弯下腰去。她转过身，往一条皱巴巴的手帕里吐了一口什么，然后靠在身后的柜台上，闭上了眼睛。

我跑到了客厅。电视里在播放星期天教堂节目。我把音量调小，就听见帕布罗在电视柜的门后呜咽、抓挠。

我赶紧把门打开，帕布罗在里面，还有被它尿脏的那双拖鞋。

"什么事都别想瞒过你奶奶。"奶奶慢慢地朝我蹭过来,说道,"所以趁早别想。如果那只狗再在我的鞋子上撒尿,我就给它屁股上贴张邮票,把它直接寄到奥斯卡·梅耶尔食品厂去。"

"帕布罗宝贝。"我轻声哄道,把狗贴在我的胸口,让它能抬头舔我的下巴。它的毛臭烘烘的,跟那双拖鞋一样难闻。

"好了。"奶奶说,"别再这样秀恩爱了。你得送我去街角的小店。你年龄不够,他们不会卖烟给你的。"

"等一下。"我说。我在厨房的水池里把帕布罗冲洗干净,然后在前门廊跟奶奶会合。那个铺着旧沙发垫的购物车还在人行道上。我扶着奶奶爬上折叠梯,给她把氧气瓶放好。接着我把帕布罗拴在宝宝座上,我们就出发了。人行道坑坑洼洼的,我们就走在马路上。我并不担心来往的汽车,因为司机看到我们这副样子,恐怕会更担心我们呢。

"那么,"奶奶说,"你见过卡特的女朋友了?"

"你是说丽兹吗?"

"不然还有谁?"她说。

"是啊。"

"我认为她对你爸爸有很坏的影响。"她说,"每次你爸爸交了女朋友,都会忘记自己天生是个一团糟,所以过不了多久,他就会失去控制,开始走下坡路。"

"我认为丽兹很好。"我说,"比赛时,每次爸爸激动得发狂,她都能让他平静下来。"

"是啊,你没有像我一样见过他失控的样子。"奶奶说,"我可以告诉你,他的堕落都是从新交一个女朋友开始的。千万别把丽兹的事告诉你妈妈。如果你还希望让他们重归于好,就别把丽兹的事告诉她。我向你保证,一旦丽兹知道了你爸爸是怎样一个疯子,肯定会逃得远远的。这点你不用怀疑!"

我推着购物车,嘎吱嘎吱地走在马路上,感觉自己在爸爸和妈妈之间被撕扯。我心里暗想,人在结婚以后,是不是一直跟对方说实话呢?因为在我看来,我只能把爸爸的一些事情告诉妈妈,也只能把妈妈的一些事情告诉爸爸。接着我想,也许就是因为不能把全部的实话告诉对方,他们的婚姻才破裂的。

来到小店门前,马路边没有小斜坡,奶奶说把购物车停在外面。

"告诉收银员——不是贝蒂就是克莱尔——如果想要证明香烟不是给你买的,就让她出来跟我说句话。"

我把帕布罗从车里抱出来,随身带着。我可不希望奶奶绑架小狗,把我那二十美元找回的钱全都敲诈过去。

我向收银员要两包普通薄荷烟,她眼皮都没眨一下,就把烟给了我。"是给我奶奶买的。"我解释道,"她坐在外面的购物车里。"

"最好是她不是你。"她干巴巴地说。我在离开小店前,拿了一罐狗粮,还给帕布罗挑了一个鞋子形状的狗嚼棒。它已经玩起了乱撒尿的老把戏,我不希望它再乱咬东西。下一次奶奶没准儿会把它关进冰箱里。我还给我的录音机买了几节新电池。

我拿着香烟回来,奶奶迫不及待地撕开一包,就像她被响尾蛇咬了,这是世界上唯一的救命药。她抽出一支烟点着,吸了起来,不住地喷出一股股烟,在回家的一路上,我总想着我们就像一辆破旧的蒸汽火车。

我们终于回到了家门前的人行道上,爸爸回来了,我已经累得半死。

"喂。"爸爸在前门廊上喊道,"不要累死累活地推着奶奶走。她只要愿意,自己去哪儿都没问题,我们今天还有一场重要的比赛呢。如果赢了这一场,我们就会回到第二名,紧跟着那虚张声势的欧曼轮胎队了。"

"那就帮我把她扶下去吧。"我说,"上次我扶她下去,她差点儿摔倒了。"

爸爸走过来,解下她的氧气管。然后,他把胳膊放在奶奶的膝盖和瘦骨嶙峋的后背下面,把她抱了起来。他脸上突然露出一种顽皮的神情,开始抱着奶奶原地打转,转了一圈又一圈,转得奶奶头晕眼花。然后他让奶奶站在门廊上,奶奶跌跌撞撞地扑到墙边。爸爸拍着大腿,放声大笑,奶奶哼哼着,呼哧呼哧地喘气,一点点地朝房门挪动。

"嘿,爸爸。"我说着伸出手去扶住奶奶,不让她摔倒,"我可以给妈妈打电话吗?"

"没问题。"他说,仍然为自己的恶作剧笑个不停。

我把奶奶领进屋,扶她坐在了沙发上。

"我的氧气瓶。"她恳求道。

我跑到外面的购物车旁,把氧气瓶拿给了她。她微笑着捏了一下我的手,我低头看着她,一时间对她没有别的想法,只觉得她非常可怜,她的状态太糟糕了。

"你还好吗?"看到她呼吸平稳一些了,我问道。

她只是点点头,然后在喘气的间歇说道:"记住我的话吧……我一定要找……那个家伙算账。他又偷偷地喝酒了,我只要给你妈妈打个电话"——她打了个响指——"她一秒钟就会赶过来。"

我转过身,跑去打电话。我要赶在奶奶之前。妈妈立刻就接了电话。听到她的声音,我高兴极了,开始滔滔不绝地说话,就像开关被打开了似的。

"我在一场比赛里投球了,真是太棒了,今天还有一场比赛。"我不歇气地说着,心里满是喜悦,"我喜欢棒球,以前根本没想到。"

"我曾经也酷爱棒球。"妈妈说,"让你爸爸给你看看那个罗伯托·克莱门特的签名棒球,是我很久以前送给他的。现在应该值不少钱呢。"

哎呀。我想。我不想告诉她,我把那个球磨秃了皮,几乎找不到签名了。"我不知道你喜欢棒球。"我说。

"我还有许多东西你不知道呢。"她回答,那语气突然像个陌生人,似乎我一直跟爸爸生活在一起,她才是那个我不熟悉的人。

"爸爸也喜欢棒球。"我说,"也许你可以过来,我们三个一起去看一场比赛。"

"这件事免谈。"她说,用的是在车里跟我说话时那种冰冷的口气,"让你爸爸给你看看他眼睛上的那道伤疤,是我把'罗伯托·克莱门特'砸在他的呆脑瓜上留下的。"

但是我没有听她说。我脑海里浮现出一幅画面:爸爸、妈妈、我和帕布罗去看一场海盗队的棒球比赛。我们四个站成一排,或围成一圈,或排成四方形,或一个站在另一个的肩膀上,就像疯狂的马戏节目,都吃着那种长长的热狗,分享着一大桶苏打水。不管怎样都行——只要我们四个在一起。"喂,爸爸。"我朝房间那头喊道,"你想跟妈妈说话吗?"

在等他回答时,我听见妈妈在说:"别。别。乔伊,别。乔伊,你听见了吗?"

我听见了她的话,但不想听。

"当然。"爸爸说,"我很想跟她说话。"他走向电话机时经过一面镜子,停下来用手梳理了一下头发,似乎妈妈就在大门口,他要为她打扮得帅气一些。

我把话筒递给他。"嗨,弗兰。"他说,然后转过身,弓起肩膀,不让别人听见。

"告诉她,她可以来看我们。"我说,绕着圈想看见爸爸的脸,可是他绕着圈避开我,最后他像霍迪尼一样被电话线缠了起来。

"叫她过来看我们!"我喊道,两只脚交替着跳,"来看我们!来看我们!"

爸爸转向我,气呼呼地呵斥道:"闭嘴!她不想来。"

"要她来。"我说,"对她说,你想要她过来。"

爸爸把一根手指塞进一只耳朵,听着那头说话,然后说道:"对,我一直让他换药贴的。是的,我想他今天换药贴了。对,我知道这很重要。是的,我在履行我的职责。不,我认为我不需要你的忠告。是的,乔伊来了。"

他把话筒递给我,好像那是个臭烘烘的东西。

"你坚持换药了吗?"妈妈问。

"是的。"我说,"嗯——今天还没换。"

"你说话的口气跟你爸爸一个样。"她说。

"我们是男人。"我回答,"男人说话就这个样。"

我看了一眼爸爸。他朝我眨眨眼,我也朝他眨眨眼。"喂,爸爸。"我大声喊,让电话那头的妈妈也能听见,"我们什么时候再去那家文身店?"

爸爸的眼珠子都突了出来,赶紧用一根手指压住嘴唇。

"乔伊,"妈妈说,"你听我说。我要你挂断电话,立刻换上你的药贴。听见了吗?不然我就要来把你接走了。"

"听见了。"我垂头丧气地说,知道自己过分了,"我只是开个玩笑。"

"我怎么没有笑呢?"她说,"你知道为什么吗?因为你让我感到害怕,你变得飘飘然,而我不在你身边,不知道你是在开玩笑,还是在跳摇摆舞。你明白我的意思吗?"

"我明白。"我说。我巴不得赶紧挂断电话,就像几分钟前焦急地想打电话一样。"我会把比赛情况告诉你的。"我说。

"好的。"她说,"填一张官方记录表,寄给我。我喜欢统计数字。"

我刚挂断电话，爸爸就把一只手放在我肩膀上。"来吧。"他说，"在我看来你没问题，但我们最好把药贴换了，免得你妈妈带着一位律师过来。"

"嘿，爸爸，"我说，"让我看看你眼睛上的那道疤。"

他蹲下来，指着一道红色的疤痕，那看上去像一截小小的铁轨。"这就是她击中我的地方。"他说，"现在想来，你的胳膊有劲肯定是遗传了她。"

我们刚坐进汽车，爸爸就开始说话了，就好像他不能忍受任何东西动得比他的嘴还快。"知道吗，乔伊，我整个早上都在童话世界。"爸爸说着，点燃了一支烟，"我去看老伙计汉普顿·邓普顿了，做了一些严肃认真的思考。汉普顿没有让我失望。我的思考结果是这样的。你在人生中必须有一个目标。大目标或者小目标，是大是小无所谓。只要有个目标就行，目前我们就有了同样的目标——乔伊，我知道你想多多了解我，我也想多多了解你，所以你这个暑假才上这儿来的。可是，我们不能分享我的过去。等你离开这里，回到你妈妈身边时，我又不能在那里分享你的未来。但是此时此刻——这个暑假——你和我——这段时间属于我们。我们可以赢得这场棒球锦标赛,然后,在你离开之后很久,我还可以想到这段时光,想到我和我儿子是赛场上最大的赢家。这就是我们的目标,乔伊——共同成为冠军。这就是我一早上都在思考的事。谁知道呢,说不定明年你还能回来,我们可以把这件事再做一遍。但是一次只做一件事。让我们现在就成为赢家。你怎么看呢?"

我只是看着他,眼睛里噙满泪水,因为这是我最渴望听到的话了。我盯着他的时候,他把一只手伸过来放在我手上,我能感觉到他的手在颤抖,过了一会儿,我的手也开始颤抖。

"说干就干。"我说,"我们去拿冠军。"

"好极了。"他说。

"可是我需要一些帮助。"我说,"我真的不知道自己在做什么。"

"别担心。"他说,"别忘了,你是拿石头的洞穴人。你只需知道这点就够了。现在听我说。我和丽兹在安排阵容,我们都决定让你担任我们的一号投球手。我们还讨论了策略。首先,我们今晚要打败里特尔餐厅队。然后要打败爱默里地产队,然后参加半决赛,在警体联的另一个球场打败对手,争夺北边锦标赛冠军。"

"每场比赛我都要投球吗?"我问。

"是啊,乔伊。"他说,"不然我们就没有机会赢。但我要找借口不让你参加训练。我不希望你把胳膊练得太累。"

"对了,爸爸,"我说,"你能让奶奶和帕布罗来看比赛,并且让帕布罗穿上它的运动衫吗?它能给我带来幸运。"

"它能让你投得更好?"爸爸问。

"是啊。"我说。

"没问题。"他一口答应,"你进入投球区土墩时,他们就坐在看台上。为了童子军的荣誉。我会让丽兹去接他们。"

我笑了。我想让帕布罗看着我赢。

第7章
我的比赛

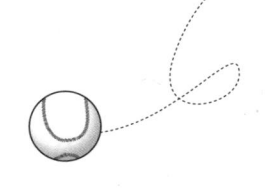

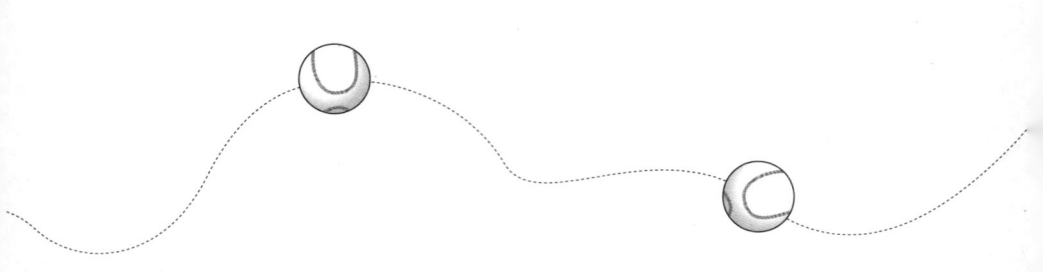

我和爸爸之间的好感觉在第一局过后就持续不下去了。对里特尔餐厅队的比赛刚一开始，事情就朝两个方向发展。一头是我的比赛，一头是爸爸的比赛。我的比赛是平静的，可他的不是。首先，就像爸爸说的，洞穴人要遵守石头法则，而石头在我手里。我知道，我对妈妈说我喜欢棒球，但并不喜欢它的全部。我只喜欢投球那一部分，对我来说，这仍然像是在后院里用石头砸靶子，只是在棒球比赛中，有许多人站在周围盯着我，这让我很不喜欢，因为那些眼睛让我感到紧张和焦虑。

我喜欢待在投球区。我把它看成我脚下的一贴大药贴。只要我站在它上面，就一切太平。可是当我走出去了，整个世界就会像陀螺一样旋转。

所以，我从来没有在一垒手击出滚地球时掩护过一垒手，因为这意味着要离开投球区。我不想离开，就没有离开，尽管爸爸扯着嗓门儿喊："下次别逼我上场把你拽到那里！"我知道他不会到投球区来。他出来过两次，嚷嚷着骂我不听他的话，结果裁判对他说，如果他第三次出来，就必须换投球手了。所以他只是站在场外休息区，冲我大声喊叫，我却连看都不看他一眼。在换击球手的间歇，我只是绕着投球区的边缘慢慢溜达，脚尖碰脚跟，像一个走钢丝的。如果一个击球手碰巧击出一个安打，我就让下一个击球手三振出局。我还拒绝在球投向本垒时去援助接球手，哪怕爸爸对我下命令。"你必须这么做！"他命令道，"我是你的教练。我是你的父亲！"我只是背朝着他，眼睛盯着外场，每个人都跑来跑去地追球，或拼命地躲避它。我也不去接内场的腾空球，尽管爸爸在教练席指着空中的球，大叫着说我应该去接。只要我在投球区够不到的，我就任由它掉落，或者让别人去接。而且我也不在场内短打。我只是守着我的阵地，扔"石头"。我只做这一件事，这就够了。其他的事情我都让别人去做。

　　打到第四局时，爸爸已经暴怒了，这时候我也知道，让他暴怒是很容易的。他越是嚷嚷，我越是不动，他就越是情绪失控。

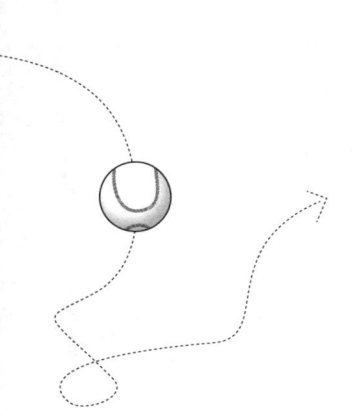

第**8**章
礼物

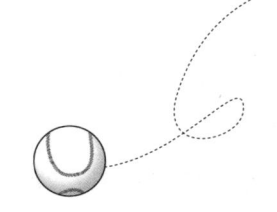

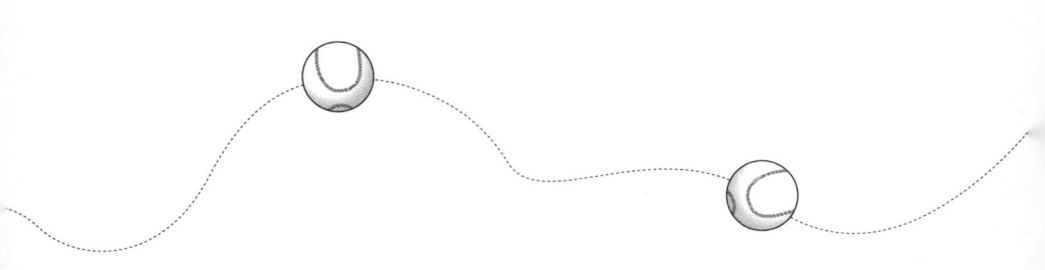

不知道什么时候，爸爸把我叫醒了。外面一片漆黑，四周静悄悄的，似乎是半夜三更。

"你睡觉前刷牙了吗？"他问，我能闻到他嘴里喷出的啤酒味。

"没有。"我说。

"好吧，快起床到卫生间去。如果我不叫你刷牙，你妈妈会要了我的命。"

我洗了把脸，刚把牙刷塞进嘴里，他就开始说话。"我一直在思考。"他说。

我虽然迷迷糊糊地犯困，但也知道，比起对他自己，他的思考对我更加有害。

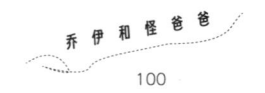

"我知道，你一生下来我就没有陪伴你。"他打开了话匣子，"我苦苦地思索着，怎样才能弥补你。比如，我能送给你的最了不起的礼物是什么呢？就在刚才，有了！当时我在前门廊上，脑子里灵光一现。我一直在思考这些药贴。"他说着举起手里的那盒药贴，"我敢说，如果你不贴它们，也不会感觉到有什么不一样。"

我把牙膏吐在洗脸池里。"你会知道其中的差别。"我说，"我也会知道。"

"我总是发现，"他说着一屁股坐在了放下的马桶盖上，"如果需要处理一个问题，我会把它解决得很彻底。就拿我的酒精问题来说吧——上次我因为醉酒驾车被捕，法官把我送进监狱，那里一滴酒也没有。没有。相信我吧，他们连一片小小的破酒精贴片也没有给我。没有。只有我和四面墙壁为伴。然后，伙计，他们送我去了一所犯人劳改农场。一开始，我以为自己肯定会崩溃，没想到日子一天天过去，我的状态越来越好。我顶着大太阳，在那些田里拼命干活儿，那种老酒瘾只是让我浑身冒汗，最后我控制住了自己，把它打败了。这是意志的力量！"他朝我低声吹了一声口哨，露出一块肌肉，用手拍了拍,"意志就像肌肉,"他指着自己的大脑说,"而决心能把它锻炼得坚韧强壮。"

"但那是酒精。"我说,"我的是真正的药,是医生给我的。"

"没什么两样。"他得意地笑了,"我的是一位酒保给我的。"

"好吧,那么你的尼古丁贴片呢?"我反问道,指着他的肩膀,上面有那个黄眼睛骷髅的文身。

"你把我问住了。"他说,一时间,我以为他的奇思妙想到此为止了,他会赞同我的意见,上床睡觉。没想到他说:"你看看我。我是个伪君子。'照我说的做,但别学我的样。'那个样子的老爸,没有一个孩子会听他的话。我叫你振作起来,我自己却挂着这根拐棍儿。好吧,不用它了。"他伸手揭下肩膀上那个肉色的贴片。"告别毒品。"他低吼道。他把贴片在手里揉成一团,扔进了马桶。

"我的药贴不是毒品。"我恳求道,"是药。"

"就是毒品。"爸爸一口咬定,然后伸手来抓我,"它是一根拐棍儿。"

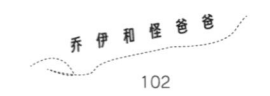

我连连后退。"它对我有帮助。"我回答,"我必须贴它。你不知道我不贴它时会发生什么事。"

"你可能发生什么事呢?你只会发现你一切正常。是不是?你会发现你不是医生们的一只药物依赖的小白鼠?乔伊,儿子,"他说,"我能为你做的最了不起的一件事,就是让你看到你是个正常的孩子,不需要这个破玩意儿。"

"我已经是个正常的孩子了。"我说。

"贴着这药贴就不正常。"他说着又朝我探过身来,"正常的孩子不需要每天贴药贴。"

我只是背靠墙站着,低垂着头,因为我知道接下来会发生什么,而我对此无能为力。

"我今天看着你在场上投球,我认为你一点儿问题也没有。没有。我认为你根本不需要那个药贴。给你贴药贴就像给鱼灌水。"

我希望他别再告诉我我是谁,因为我比他更清楚。他想让我成为另一个我,而我想让他成为另一个他。我们简直是南辕北辙。然而,我虽然知道他是错的,但他是我爸爸,我希望他正确。更重要的是,我希望他拥有所有问题的答案。

接着，他动作快得像猫一样，伸手到我的衬衫下，揭掉了我的药贴。"你解放了。"他煞有介事地宣布，"你是自己的主人，能够掌控自己的人生了——像小鸟一样自由。"他用手指拎着药贴，把它扔进了马桶，就像那是一片硬皮痂。"告别药贴。"他说，"你不需要它们。没有它们，你也会成为一个赢家。"

"我不这么认为。"我小声说。

"现在已经没有回头路了。"他说，"我们不需要这玩意儿。真正的男子汉能挺过去。果断点。不要告诉你妈妈。"他说，"她会对我恼火的。但是，一旦你让她看到你根本不需要这东西，她就会由衷地尊敬我现在做的事情。"

说完，他站起来，掀开马桶盖。他把我的药贴一贴一贴地从盒子里拿出来，用拳头捏成一团，丢进马桶。我想去抢，但他用一只手把我挡住了。

"你现在是在我家里，小子。你可能还不知道，我能给你的最了不起的一份礼物，是从你身上拿走一样东西。很好笑，是不是？"

我觉得一点儿也不好笑。特别是看到他一边给马桶冲水，冲了一次又一次，一边把药贴丢进旋转的水流中。看着药贴在漏斗形的马桶里转着圈儿，我觉得是我自己在一圈圈地旋转，被冲进了一个窟窿。我开始默默地哭泣。我没有跳起来，用脑袋撞东西，也没有情绪失控，或者大发脾气。我只是一动不动地站着，默默地哭泣。我心里暗想，下次你哭泣的时候，就不会站着不动了。你会跳着疯狂的小步舞，就像一个被无数只蜜蜂叮咬的人。我记得那种感觉。

我看着镜子里的自己，嘴里和嘴唇周围仍然有牙膏，我看上去已经像一条疯狗了。

"好了，做个乖孩子，赶紧把牙刷完。"最后一贴药贴消失后，爸爸立刻说道，"如果在我照看你的时候，你出现了一颗蛀牙，你妈妈准会杀了我的。"

我又刷了几下，然后道了晚安，拖着脚回到自己的卧室。我爬到床上，把帕布罗拉上来，贴在我的肩膀和下巴之间。我亲吻它的脑袋，感觉到它的胡须挠得我嘴唇发痒。我不停地想，我肯定有办法劝爸爸改变主意。虽然我知道药贴被冲进了下水道，但也许我们能弄到新的。也许他可以对妈妈说他把药贴搞丢了。妈妈肯定会生气，但她会给我再弄到一些。

第 8 章 ◯ 礼 物

我想起床给妈妈打电话。但我听见爸爸在客厅里走动。冰箱的门被打开了，酒瓶叮叮当当地碰撞。一个瓶盖被拧开，酒发出嗞嗞的声音。爸爸一屁股坐在沙发上，开始看电视。

"你不应该喝酒。"我听见奶奶说，"快去睡觉吧。"

"只是啤酒。"爸爸回答，"如果你看不顺眼，就拿上你的氧气瓶，出去流浪吧。"

奶奶没有再说什么。我躺在床上，一心只想象着那个最糟糕的我正在很远的地方坐着火车。那个过去的乔伊要来抓我了，而我一点儿办法也没有。他会一天比一天更近。即使我赶紧爬起来逃跑，他也会抓住我的。除了等待和担忧，我没有任何办法。担忧也并不能保护我。于是我闭上眼睛，叫自己趁还能睡着好好睡一觉。

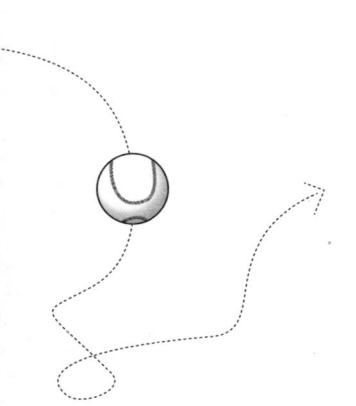

第9章
市中心

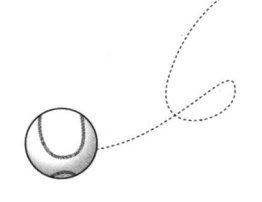

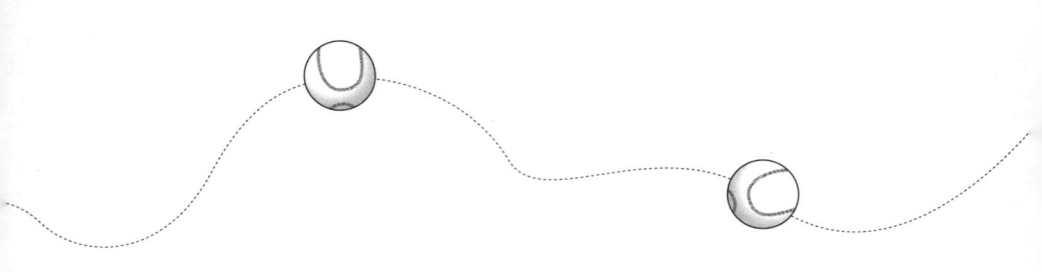

我睁开一只眼睛，就像对着一个潜望镜，扫视房间是不是安全。我看看左边，又看看右边。我没有看见爸爸，帕布罗已经起床离开了。肯定是奶奶打开卧室的门，放它出去的。我下了床，踮着脚走向我的五斗柜。我检查烟灰缸里有没有药贴。里面是空的。但我还是把手放进去，用手指在里面绕了一圈儿，似乎想要捞出汤碗里的最后一滴汤。

"好吧。"我小声对自己说，"深吸一口气，然后像妈妈对你说的那样，如果想要做出好的选择，就一次只想一个念头。"

第一个念头：我想，我可以给妈妈打电话，叫她立刻过来接我，在回家的一路上听她告诉我"早就对你说过他不是好

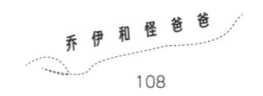

东西",然后再也没有机会跟爸爸一起相处。

第二个念头:我可以坚持待在爸爸身边,发现我不贴药贴也很正常。我希望相信他说的话。我希望相信我跟其他的孩子没什么两样。

第三个念头:我记得以前我没有对症的药时是什么样子。

第四个念头:我想再给自己一次机会。

我把脑袋从门框边缘探出去,看见奶奶正靠在厨房柜台上,两只脚踝间夹着氧气瓶。她在编织,像是给长颈鹿织一条围巾。"我睡得不太好。"她对爸爸说。爸爸正盯着冰箱里面,"我整夜都紧张焦虑得睡不着觉。你不应该又开始喝酒。"

"嘿,我睡得跟婴儿一样香。"爸爸说,然后像猫一样伸开双臂,"如果你不操那么多心,也会睡得好。"他冲了澡,刮了胡子,我在房间这头都能闻到他嘴里肉桂口香糖的气味。"嘿,伙计。"他转身看见了我,说道,"我一直在等你呢。快点。冰箱里没吃的了。我们去市中心吃早饭,然后我去上班打卡,你可以看看风景。"

"行。"我说,"太好了。"

"刷牙去。"他说,指着卫生间,这让我想起了前一天夜里的事。我点点头，走进那个小房间，关上了门。我等着自己像一只被关在鞋盒里的蟋蟀一样蹦来蹦去，却并没有发生那样的事。我在牙刷上挤出一截不长不短的牙膏，开始刷牙，跟任何一个正常的孩子没什么两样。我洗了脸，把头发梳过来盖住那块斑秃。我回到自己的房间里换衣服，想到自己要作为一个摆脱了药物、完全正常的孩子，在匹兹堡到处游逛，感到非常兴奋。我觉得自己就像一只被关在笼里的动物放归野外。我把录音机放进口袋，从枕套里取出那些钱，跟喇叭一起放进了背包。我听见爸爸发动了汽车，就赶紧往外跑，一路像走迷宫一样，躲过客厅里的那些家具。"再见。"我对奶奶和帕布罗大声喊道。帕布罗正忙着在沙发靠垫上咬出一个洞。换作平常，我准会把它揪过来骂一顿，但我已经晚了，只能随它去。我想，我不在家，它和奶奶也会有办法相处的。

"你想开车吗？"我打开车门时，爸爸问道，"熟能生巧。"

"今天不开了。"我说，想到这可能会很危险。如果我在市中心失去自控，谁知道有多少人会被车轮辗过呢。

我刚关上车门，就像打响了发令枪，爸爸的嘴就开始滔滔不绝。"知道吗，乔伊，我一醒来就想到昨天夜里真是我人生的一个转折点。往马桶里冲了几下水，就卸去了我心中的一个大包袱。就像这样，"他打了个响指，"你和我就扯平了。过去所有的负疚感一扫而光，我可以继续前进了。我感觉像个崭新的男人。你是什么感觉？"

我想说昨夜也是我人生的一个转折点，但我不能确定是转向了哪个方向。

"我不知道我像个新人，还是又回到了过去。"我说，"我真的不知道，但我尽量往好处想吧。"

"别担心，"他说，"到了今天结束的时候，你就会看到你爸爸又正确了一回。你必须对我有信心，伙计。"他伸出一只手，"跟我击个掌。"

我狠狠地给了他一巴掌，力道很大，简直能打出一个大血泡。然后我伸出我的手。他抡起手掌劈下来，我赶紧把我的手抽了回来。他往前一栽，汽车猛地拐到一边。

"你就识不破这个套路吗？"我一边问，一边扶他坐正。

"我最好长点心，不然这会要了我的命。"他回答，然后把汽车拐回到了车道里。我看清楚了他仍然情绪很好，不会咬掉我的鼻子,就说:"你昨晚喝酒,可把我吓坏了。"

"你不应该被吓着。"爸爸回答,"我喝了一点儿酒之后,特别擅长思考。你看看我今天,简直完好如新。再看看你,没有药贴,快乐到极点。"

"但是我记得你对妈妈说你戒酒了,因为妈妈告诉我,如果你喝酒,我就给她打电话。现在我没给她打电话,心里很害怕。"

"我说句实打实的话,"爸爸说,"你妈妈是希望你有个做事不像男人的爸爸。别误会我的话,她是个非常棒的女人,但是涉及男人,她认为我们不管做什么事情都应该按她女孩的标准。但我们是男人呀,乔伊。我们有自己做事的方式,特别是在解决人生的重大问题方面,有我们自己的方式。就像我昨天夜里说的,我们要振作起来,继续前进。我们说的不是每一天每一个小时的问题。你明白我的意思吗?而且,你妈妈会把你当成婴儿,让你一辈子靠药物生活。在我看来,这不是一个解决办法。现在,你如果想给你妈妈打电话就去打吧。但我认为你应该做一个男子汉,向大家证明你没有什么问题是自己解决不了的。"

"这都是真的吗？"我问。

"当然是真的。"他说，"男人对男人说的话。你总不能刚走进世界五分钟，就让一个女人对你指手画脚吧。记住我的话吧。"

我们到了餐厅，爸爸根本没有问我想吃什么。"两份饿汉套餐。"我们落座时，他大声对女侍者说，"多加配菜。"食物端上来了，有一大堆香肠、培根、抹黄油的面包、银元煎饼和煎鸡蛋，我们狼吞虎咽地吃着。饥饿的感觉真好啊，我的肚子像一轮新月一样鼓起来，这感觉就更痛快了。

"你觉得怎么样啊？"爸爸问，用一片折起的面包擦过他光滑的盘子。

"好极了。我一点儿也不感到亢奋。"我说。我揭开所有那些小果冻的黏黏的盖子，开始把热乎乎的果冻吸出来。

"我是问你的胳膊。"他回答，"我已经厌倦了谈问题。那是女人们的话题。快把这些都吃了，你需要强健体力，准备下一次比赛。"

我招手让女侍者过来："对不起，还能再给我一些草莓果冻吗？"

"你吃这么多果冻真的好吗?"她问,用手里的笔指着那些空果冻杯。

我不知道怎么回答,就露出一个大大的微笑,于是她给了我几个苹果果冻。这种寡淡无味的东西没有人吃,人们甚至不会把它带回家,除非想用它当胶水。

女侍者刚一转身,爸爸就凑到我面前。"我说女人总是要插手,现在你明白我的意思了吧?"他说,"你哪怕吃满满一浴缸的果冻,又关她什么事?好吧,既然我们谈到了男人的话题,我不妨告诉你,我为我们制订了一个崭新的男子汉大计划。现在我让你摆脱了药物,你可能会认为跟我一起生活更好。我们继续打警察体育联盟的巡回赛,直到你上高中。那时候你已经前途无量了,大学都会抢着要你。然后你可以到匹兹堡城里来,为美洲豹队投球。我可以成为你的经纪人,让你进入一些较小的联盟。你在那里待不了多久,就会有一个大联盟队把你招过去。然后,大功告成——你就成为一股不可小觑的力量。你怎么看?"

"妈妈会怎么看?"我问。

"那部分我来对付。"他说着把叉子在面前挥了挥,"你怎么看？"

"你知道，如果你喝酒的话，我就不能帮助你跟妈妈重归于好了。"我说。

"我有个消息要告诉你，乔伊。我不想跟你妈妈重归于好了。我们结束了。对我来说，她并不是合适的女人。"他回答。

"你是说丽兹才是合适的女人，因为她让你喝酒？"

"不仅仅因为这个。"他说，"但是我和她商量过一起找个地方安顿下来。如果你也能在，我相信她会很高兴的。嘿，她喜欢你已经超过了喜欢我。真的，她三句话离不开你。所以，你是怎么看的？"

我心里完全没有头绪，就脱口说出了我不知道答案时的那句话。"我回头再告诉你，好吗？"我说，"这是迈出的一大步。"

"说到迈步，"他大声说，突然看了看手表，"我们赶紧迈步吧。食物链底层的人可不能迟到。"他丢了一些钱在柜台上，又往我衬衫口袋里塞了一张五美元的钞票，然后跳了起来。我跟着他走出了门。

"看见那边的那个建筑了吗？"他指着一个看上去像希腊神庙的东西，"那是战争纪念碑。我四点钟跟你在那儿碰头。如果在那之前你想找我，我会在楼上的会议室里摆放椅子。"说完，他就快步朝那个方向走去。

"谢谢你请我吃早饭！"我喊道，把肚子挺起来轻轻抖动，好像我是个相扑运动员。

他转过身，指了指天空。"嘿，今天可别做一个胆小鬼。天塌不下来。玩得开心。"说完他就转身走开了。

我抬头看着天空。天空瓦蓝瓦蓝的，不见一丝裂缝。"你最好稳稳地待着。"我小声说，"我要让自己去冒很大的风险，我必须成功。"

我突然意识到自己是在对天空说话，赶紧闭上了嘴，打量着四周。一个等公共汽车的女人正盯着我。"我不再用药了。"我说。她笑了笑，转过身去。

我不知道先去哪里，就决定做一个游戏，这游戏总能让事情有一个开端。我在公共汽车站旁边站定，开始原地转圈，一根手指指着前方，越转越快，越转越快，就像匹兹堡市中心一个游戏板上的转盘。我猛地停住脚，睁开眼睛，跟着我的手指往前面走。

　　没走多远，我就看见一家电子游乐场。好嘞，乔伊·皮格扎，我对自己说，如果你要失去理智，这个地方准会让你晕头转向。我走进去，把爸爸给我的五美元的一半换成游戏币，然后在赛车亭里坐了下来。我想在爸爸下次让我开车前练习一下我的高速驾驶技术。我把钱投进去，抓住方向盘，脚踩油门。我的车嗖地飞了出去，顿时，我就跟十几辆其他印地赛车一起，在赛道上风驰电掣地飞奔了。我们互相撞来撞去。我原地打转撞到了一面墙。我冲出道路撞进了干草包。我呼啸着冲过维修站时，那些修理工四散逃跑。最后，时间到了，我的车速慢了下来。显示屏上说没油了。我又塞进一些钱，踩住油门。我不在乎是不是赢了比赛。我的乐趣在于像疯子似的在赛道上左拐右拐，从侧面超过其他赛车手，看着他们朝我挥拳头。我把一辆赛车逼进了看台，它一下燃烧起来，成了一个火球，赛车迷们尖叫着向出口处逃去。一时间，我怀疑自己是不是失控的那一个。"放松，这只是一场游戏。"我对自己说。游戏币用完了，我就跳起来，走到了外面。我一定干得不错。我想。平常我在游乐场的时候，总是从一台机器跑向另一台机器，什么都玩一遍，把游戏币花得精光。然后我就满地寻找别人掉落的钱，检查退币口，把机器撬起来看看下面，缠着游乐场服务员要免费的游戏币，直到他随手扔给我几个。等我再问他要时，他就把我踢了出来，因为我显然是一个失去控制的讨厌鬼。

但我刚才没有变得疯狂——花光所有的钱。我只花了我的限额。我完全控制住了自己，抽身离开了。也许爸爸是对的。我不需要药贴，我只需要做一个男人。

我感觉很好，心里非常激动，就想给妈妈打个电话。大多数收费电话都在外面的街角上，汽车喇叭声比我的小喇叭还响，于是我就走进一家百货商店，在快餐吧旁边找到一个电话亭。我从妈妈留下的电话钱里拿出一枚硬币，投进去，拨了她的号码。接线员告诉我，"前三分钟要投三美元"。我照办了，可是电话铃响了又响，没有人接。我数到二十响时，猜想她不在家，除非正在洗澡，我就又让它响了二十下。我挂断电话，拿回我所有的硬币，又拨了美容院的电话。

"美女与野兽。"前台接待员蒂芬妮接了电话，"有什么需要帮助的？"

"是我，乔伊。"我说，"我妈妈在吗？"

"她去度假了。"蒂芬妮回答，"说她需要给自己几天时间。"

"她去了哪儿？"我问，可以感觉到我的胸口正在发紧。

"没说。可能是墨西哥。"

"墨西哥？她在墨西哥不认识谁呀。她甚至不爱吃墨西哥菜。她为什么要去那儿？"

"这只是一个猜测，乔伊。请稍等一下，"她说，"我要接另一个电话。"

墨西哥？我想。为什么要去那儿？她为什么不告诉我？我感到自己的内心完全纠结起来，就像坏事真的发生时那样。也许爸爸告诉妈妈我想留在他身边，妈妈不仅没生气，还决定跑出去庆祝一番。突然，接线员出来叫我再往电话里投钱，我就索性挂断了电话，叫自己冷静下来。也许妈妈去墨西哥是为了再给我买一只吉娃娃，等我回家时给我一个惊喜，也许她去蒂华纳听赫伯·阿尔伯特的演唱会了。去墨西哥有这么多好理由呢。就像妈妈总是对我说的，当你感到迷茫的时候，一定要尽量去想乐观的事情。

于是我跑到外面，把双手拢在嘴边，面对我认为是墨西哥的方向，扯足了嗓门儿喊道："在墨西哥玩得开心，给我带好东西回来！"这让我感到好受多了，可是我急着上厕所，就又跑进了商店。

我正穿过男童服装区，感觉经过的一个孩子很像我在学校里认识的一个人。我转身向他问好，却发现他根本不是一个真的孩子，而是人体模型。我开始仔细地打量起他来。我从没见过这么逼真的人体模型，那孩子似乎各方面都十分完美。头发黄得恰到好处，长短也恰到好处。一副很酷的墨镜遮住了他的眼睛，他的眼睛是蓝色的，非常明亮。他的鼻子挺直，不大不小。他的嘴唇微微张开，似乎正要说什么特别礼貌的话。他的下巴很刚毅。他的皮肤光滑得像崭新的黑胶唱片，没有任何一点儿麻点、伤疤、黑痣、疙瘩或古怪的毛发，连雀斑也没有。他的胳膊张开着，似乎要接住一个沙滩球。他的游泳裤和T恤衫都是崭新和干净的，脚上穿着凉鞋，就连他的脚也十全十美。

我出神地盯着他。这就是完美的孩子，我想。我猜他还完完全全是正常的。我真想知道各个方面都百分之百完美无缺是什么感觉，从早晨醒来到晚上睡觉，一个错误也不犯，不管是大错还是小错。比如，一点点面包屑也不撒在地上，也不会感到情绪焦躁，也不会忘记喂帕布罗。也许店里可以出售完美的孩子，像人体模型一样摆放在家里，他们静静地坐在玩具箱边，绝不会把东西搞乱，他们假装冲澡时也绝不会在地板上留下一大摊水。或者，你可以把他们像花园雕塑一样放在前院，他们朝邻居招手，或举着一面愚蠢的旗子，上面印着一朵艳丽的花。妈妈曾经说过，是我犯的错误让我显得很有趣，当时我没听懂她的话，现在明白了。

接着，我想出一个绝妙的主意。我走到服装架子旁，拿了一套沙滩服，走进厕所，把它换上了。我把我的衣服都藏在背包里，然后冲向那个人体模型。我跳起来，站在那片画出来的假沙滩上，就好像我是他的朋友。然后我取下他的墨镜，戴在了我的脸上。我把录音机别在了我的腰带上，塞上我的小耳机，摆出一个姿势，就像救生员正在观察那些冲浪者。人们走过时，并没有注意到我和我的新朋友。

但是我在打量他们。大多数人都急着去什么地方。我站在这里没有人看，还有什么意思呢？于是我就想引起他们的注意。

我把身体往前探，拼命吐出舌头，最后嘴巴都酸疼了。人们只是无视地走过，似乎这没什么了不起。我假装斗鸡眼，流口水。口水都滴到我的下巴上了，还是没用。我假装打嗝儿，没用。似乎没有一个人注意到，因为不管我多么古怪，他们的举动也一样很古怪。人们吵架，抠鼻子，打孩子，自言自语，扯他们的紧身内裤，往墙角吐口香糖，在衣服上擦他们的脏手，五音不全地唱歌，做各种我做过的奇奇怪怪的事情，这让我感到自己像他们一样正常，但没有我的人体模型朋友那么完美。

最后，一个像是孩子妈妈的女人过来查看我短裤上的价格，我感到很痒，忍不住笑了起来。女人差点儿晕过去，接着也大声笑了，因为我做的事情很好玩，她能理解。我猜她的脾气一定很好，因为大多数人都会大发雷霆。

"你在做什么呀？"她问，"偷偷监视扒手？"

"不，我在假装人体模型。"

"我一直想做一件这样的事情。"她说，"却没有这份胆量。"

"你唯一需要担心的,"我悄声说,"是有人朝你嚷嚷。但如果你是像我这样的人,有人冲你嚷嚷也没什么大不了。"

"好吧,你最好回到你的位置上去。"她说,"可别让店员发现了你。"

"演出结束。"我说着就走了下来,"我该继续前进了。今天我要看看,我能不能在正常的同时玩得很开心。"

我说到"正常"时,她奇怪地看了我一眼,就好像我最不可能做到的就是"正常"。好吧,我想,也许太正常了也不是什么好事。如果它只是让你不敢去做你真心想做的事情,听起来就没什么乐趣了。

我换好衣服,来到外面的人行道上,一边用手指指着前方,闭着眼睛原地旋转,一边唱道:"一圈一圈又一圈,谁也不知道我在哪儿停。"我停下来时,指着马路对面的冰激凌店。"我的幸运日。"我对着空气说。

过马路时,我打算做一个小小的试验。我在脑子里给我的冰激凌蛋筒挑选两种我最想要的口味——巧克力薄荷和奥利奥。在买冰激凌时,我对那个姑娘说:"给我两勺你们最普通的两种口味吧。"

第 9 章 市中心

"万一你不喜欢呢？"她问。

"我会把它们吐掉。"我回答，"我并不特别馋冰激凌，这只是一个实验。"

她让我先付了钱，然后她给了我一勺香草和一勺巧克力。"这是我们卖得最好的两种口味。"她说着把蛋筒递给了我。

"你开玩笑吧？"我问。

"没有，"她说，"最普通的口味是最受欢迎的。"

好吧，我离开时想，我也并不普通。

吃完冰激凌，我闭上眼睛，滴溜溜地原地旋转，不知道接下来我会落在哪里。

我停住脚，睁开眼睛，手指着一座教堂，两扇红漆大门亮闪闪的。我小时候奶奶带我去过教堂，后来就再没去过。当时我在口袋里装满了石子儿，牧师布道的时候，石子儿滚到了长凳下面。它们发出的声音那么响，可是谁都没有我笑得厉害。在那之后，奶奶就让我和她一起留在家里，看电视里的教堂节目了。

我打开红漆大门，蹑手蹑脚地顺着过道走去。小礼拜堂的墙上闪耀着蓝色和红色的玻璃窗，我走在过道里时，想象着那一道布满灰尘的红色空气、蓝色空气和紫色空气，正在填满我的胸腔。当我把它们呼出来时，我的脑袋周围就飘舞着同样的颜色。一支合唱团正在楼厅里排练，我坐下来听着。

"不对，不对，不对！"指挥喊道，"男高音，跟上风琴。你的声音太低。好，再来。"

风琴突然奏起，声音那么响，我的双脚都能感觉到嗡嗡声。男高音唱了起来，指挥指着另一群歌手，他们也加入进来。"停！"他喊道，"女低音，你们晚了。在第一段之后就轻快地进来。好，再来。"

风琴开始弹奏，男高音唱了起来，女低音在合适的拍子上加入，然后声音更高的第三群人也加入了。

"停！"指挥喊道，"女高音，把你们嘴里的口香糖拿出来。咬字清晰！再来。"

他们开始唱，可是不一会儿，指挥就放下了胳膊。"停。男低音，你们必须坚守低声部。别让男高音把你们拖到高八度。再来！"

指挥不停地让那些歌手开始、停止，再开始、再停止，这让我感到紧张，我不由得产生了一种很奇怪的想法。我想吹我的喇叭。我把手伸进我的背包，把喇叭慢慢掏了出来，放在我的腿上。我看着喇叭。我抚摩它。我舔了舔嘴唇。我听着合唱团的乐音，它是那么悦耳圆润，就像蛋糕上黄色的奶油。我多么渴望站起来，吹响《甜蜜滋味》的前奏啊。

最后，指挥让他们从头开始。听着他们一个声音盖过另一个声音，唱出完美流畅的旋律，那感觉非常奇妙。他们唱得越完美，我就越渴望加入。我感觉就像全身被人挠痒痒，却不允许我笑出来。我一心只想把喇叭举到唇边，大声吹响。突然，合唱停止了，指挥放下了胳膊。

"非常好。"他说，"你们应该为自己感到骄傲。没有一个音符不合拍。"每一张脸上的表情都那么美丽，洋溢着他们的完美。

我兴奋极了，只想去一个地方练习一下我的喇叭。我也想像他们一样完美，不让一个音符不合拍。我来到外面，开始滴溜溜原地转圈。停住脚时，我面对着一座高高的建筑。看上去像是一座老教堂的钟楼部分。我跑过去，里面有许多人在读书。我知道在那里不能放纵，就乘电梯来到了顶楼。出了电梯，我顺着走廊溜达，发现了一个小阳台。我走到阳台上，俯看下面的城市，看见了我刚才走过的所有地方。

整整一天，我都在玩一个大型的匹兹堡棋盘游戏，名叫"你正常吗，乔伊·皮格扎？"或"你有病吗？"我刚想宣布自己是赢家，突然想起还有一个地方我的手指没有指到。我自己。真正要考验的是我的内心。我背靠在阳台的墙上，闭上眼睛，把我的脑袋往后仰。我深深吸了口气，睁开眼睛，整个城市都翻了过来。这使我想起，到目前为止，我这趟旅行没有一件事像我期望的那样。

我以为爸爸会把他过去的一切都告诉我，但他不愿意谈，所以这点我想错了。我以为爸爸和妈妈有可能重归于好，但妈妈其实并不愿意，爸爸又有了新的女朋友，所以这点我也想错了。我以为奶奶会很恐怖，但她现在只是病病歪歪的，心情不好，所以我这点也想错了。现在我连药贴也不用了，这是最可怕的一件事，但我竟然一整天都没有捅什么娄子。我完全能控制住每一秒钟、每一个想法、每一次行动、每一句话。爸爸准会说："今天，我做到了业界顶尖。"我暗自笑了，以为我所有的麻烦全都烟消云散。

原来正常的感觉就是这样，我想。你没有问题。只有脑子错乱的人有问题，我脑子不再错乱了，所以像鸟儿一样自由。我可以跳出这个阳台，张开双臂，在不会塌下来的天空里翱翔。

"我是正常的。我是正常的。我真的是正常的。乔伊·皮格扎是正常的。"我可以不再去想倒霉的事总落到我头上。我打开我的赫伯·阿尔伯特磁带，把耳机塞进耳朵里，从背包里抽出了我的喇叭。我站起来，开始用最大的音量吹喇叭。我不停地吹，最后我看了看手表，发现已经到了跟爸爸碰头的时间。我就收起喇叭，离开了。

我乘电梯下楼，穿过马路，走上爸爸在那里工作的战争纪念碑的台阶，一路上我脸上都带着大大的笑容。刚走到台阶顶上，爸爸就从门里走了出来。

"嘿，伙计。"他喊道，"你这个大日子过得怎么样？"

"太完美了！"我大声说，"非常棒。是我这辈子最精彩的一天。我觉得自己是世界上最正常的孩子。现在我只想要许多许多这样的日子。整整一年。整整一辈子。"

"看到了吧。"他说，"我告诉过你那药贴是假货。"

"你说得对。"我说，"你让我变好了。"

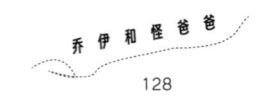

他眼睛里噙满了泪水，只好用长长的手指把它们抹去。

"这是我听到过的最动人的一句话。"他说，"跟我击个掌。"

我伸出手，朝他咧嘴一笑。

"你休想。"他说，"我再也不会上当了。"

"我不会把手缩回来的。"我说，"我保证。"

他想抢在我前面，就迅速地猛挥一掌，但我还是及时把手抽了回来，他的身子又一次往前一扑。"你保证过的。"他说。

我转过身，一步两级地跳下台阶，笑得直不起腰，后来我觉得眼泪都要出来了。我抬起头，他仍然站在台阶顶上。

"我会找你算账的。"他说。我拿不准他的声音是开玩笑还是严肃的。不管怎样，这都让我感到全身紧张，似乎我的完美一天也因此有了个小小的缺口。

第10章
秘密

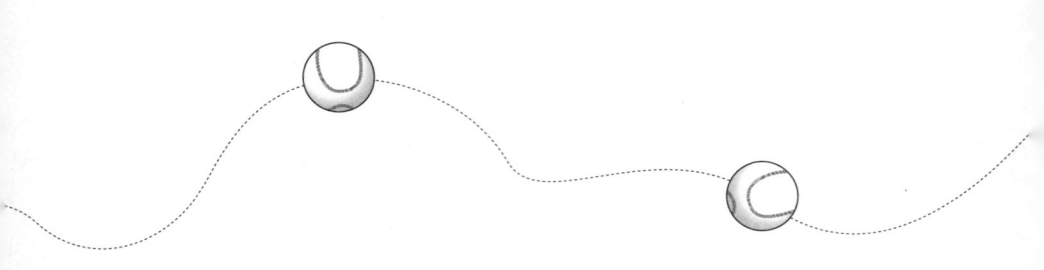

"墨西哥？"妈妈问道,"哈！谁跟你说我在墨西哥的？"

"蒂芬妮。"我回答。

"我相信她只是想表现得热情些。"妈妈说,"但是我猜,她根本不知道墨西哥在地图上的什么地方。"然后她放低了声音,"我是去处理一件私事了。我去了交通法庭。我没有告诉你,我在从匹兹堡回来的路上收到一张罚单。你能相信吗,警察示意我到路边停车,说我驾驶不规范。我在躲避那些坑,警察以为我喝醉了酒。然后他发现我的驾照过期了。所以我去交通法庭交了罚款,现在要等三十天才能拿到新驾照。"

"哦。"我说,"对不起。"是我叫她躲避那些坑的。

"好了,别再说我了。"她说,"你最近怎么样？你在球队里有没有交到许多新朋友？"

"没有。"我说，"我只投球。我不用参加训练。他们是外场员，负责所有的击球。"

"他们不让你击球吗？"她问。

"他们让我试了试。"我回答，"但我还没有击到球。我挥棒了，但每次都击了个空。"

"比赛结束后怎么样？"妈妈问，"你们一起去吃比萨了吗？"

"没有。爸爸是教练，我只好陪在他身边，我们一起吃了比萨。"

"好吧，我希望你交到一些朋友。"她说。

"我有帕布罗呢。"我回答。

"但你需要跟同龄人一起玩。"她说。

"我跟他们不一样。"我说，"你总是这么说。你总是说我很特别。"

"你确实很特别。"她说，似乎把我搂在了怀里，"但你可以既是我特别的乔伊，同时又有一些朋友。"

我知道她要说什么。但是在球队里很难交到朋友，因为爸爸是教练。他冲每个人嚷嚷，比赛结束后，他们就离开了。他们不想留下来继续听他嚷嚷。但我知道妈妈需要心里好受一些，就说："我正在努力呢。有几个孩子还不错，我想认识一下。"

"啊，这让我听了很高兴，亲爱的。"她说，"你就做你自己，他们会更喜欢你的。"

突然，我想起有一件好事想要告诉她。"整场比赛都是我投球，我们赢了。"我脱口说道，"现在我们想赢得冠军。昨天我在匹兹堡待了一天，是我这辈子最棒的一天。我爱死这座城市了。可以做的事情那么多，我玩得开心极了。"

"你爸爸陪着你吗？"

"没有。他在上班，但我没问题。我没有走远，没有跟陌生人说话，凡是《芝麻街》里叫你不要做的事情，我都没有做。"

"你更换药贴了吗？"她问。

真是哪壶不开提哪壶，我顿时感到全身的肌肉一阵痉挛，就像你慢慢走进一个冰冷的游泳池，鸡皮疙瘩想要顺着你的骨头爬上来，在你的肩膀上蔓延。

"我在一家商店里假装自己是人体模型。"我说,"我穿上几件新衣服,戴上墨镜,站在一个真的人体模型旁边,后来被一个女人发现了。"

"乔伊,"她说,"你换药贴了吗?"

"后来我去了一家电子游乐场,我控制住了自己。"

"乔伊,你没有回答我的问题。你的药贴换过吗?"

"你想什么呢?"我说着就气急败坏地笑了起来,并且不停地变换各种笑声,比如像一头吼叫的驴、一只发疯的鬣狗、一只古怪的黑猩猩。我笑啊笑啊,最后,我以为当我不再笑的时候,她就会忘记我们刚才的话题了。可是她并没有上当。

"乔伊,别跟我来这套。"她用一种把我逼到墙角的口吻说。

"换了,"我说,"我换了。"我确实换了。从贴药贴到不贴药贴,这就是一种变换。但这同时也是一句谎话,我没有再放声大笑,因为说谎是不对的。

"让我跟你爸爸说句话。"她严厉地说。

我抓着电话线,把话筒甩得就像一块挂在绳上的肥皂。"爸爸,"我朝房间那头喊道,"妈妈找你说话。"

他快步走过来，一把抓住荡在空中的话筒。他用手捂住送话口，小声对我说："你没有把我们的小秘密告诉她吧？"

"没有。"我用口型说。

"好孩子。"他说，朝我眨了眨眼睛，"嗨，弗兰。"他油腔滑调地说，"墨西哥怎么样啊？"

妈妈似乎没怎么谈论墨西哥。只听爸爸说："别担心。一切尽在掌控中。他在充分享受人生呢。生活在一个男人的世界里对他有好处。他会交到朋友的，但目前我和他在一起相处的时间很多。别担心用药问题，都在我的掌控中呢。"

他把话筒还给我，然后打开冰箱，拿出一瓶啤酒。

"我要去上班了。"他说，"等我回家时，你要为今晚的比赛做好准备。"

我朝他竖起两个大拇指，但看到他早饭还要喝一瓶啤酒，不由得暗暗感到担忧。我把话筒贴在耳边，听见妈妈像在咬牙切齿。"我有一个小秘密。"我悄声说。

"什么？"她用那种"我受够你了"的语气问，似乎要我赶紧和盘托出，"什么？"

"是个秘密。"我说，"等我把这个秘密告诉你时，你肯定会惊呆的。"

"好吧，现在就惊呆我吧。"她说，"拿出你的撒手锏来。"

"现在还不行。"我唱歌般地说，"就像他们说的，人生的好事情值得等待。"

"别跟我玩花样，年轻人。"她语气坚决地说。

"好了。"我说，"我要走了。再见。"我挂断了电话，走回自己的房间，心里想着，等我告诉了她那个秘密，她肯定会大吃一惊，再也不会冲我嚷嚷了。

我穿过客厅时，奶奶拦住了我。

"你妈妈给你的电话钱还有剩余吗？"她问。

"还有一点儿。"我说。

"好，跑去小店，花几个小钱，给我买一包烟。"

"可它们会要了你的命。"我恳求道。

"胡说。你只是不肯花掉那点电话钱。你太小气了，舍不得花几美元在你老奶奶身上。"

"好吧。"我说。

"我给店里打个电话，告诉他们你要去。"她说，"我可不想坐着那个小破车折腾一个来回。我喘得太厉害了。"

第 10 章　秘密

我从枕套里掏出钱,抓起我的喇叭,吩咐帕布罗跟着我。

"快点回来。"奶奶在沙发上喊道。

"跟着我开步走。"我们走出家门,我对帕布罗下了命令。"一、二、一、二、三、四!"我把喇叭放在唇边,想吹出《鹰嘴豆》开头那个长长的音符。我们顺着人行道往前走去。我昂首挺胸,迈着大步,像走在游行队伍的最前面,身上穿着带金纽扣的华丽制服,头上戴着一顶白帽子,帽子上插了一根高高的漂亮的金羽毛。我一边吹喇叭一边大步走,尽量不让金属的喇叭口把我的门牙磕成两半,帕布罗倒腾着它的小短腿,必须快跑二十步才能跟上我的一步。

到了店里,女店员已经把香烟放在柜台上了。我把钱给她,她把烟装进了一个袋子。我们直接转过身,开始回家。

现在我想吹《第九号爱情香水》,最后我索性唱了起来,"我捂住鼻子,我闭上眼睛……我喝了一口!"然后我跑来跑去地亲吻"视线里的每样东西",就像老歌里的那个男人一样。我亲吻了一个邮箱、一个电话柱、一个停车指示牌和一个树干。帕布罗什么也没有亲吻,但它在一户人家的前院里屙了泡屎,还跟一只贵宾犬吵起架来,我不得不把它们分开。一个女人从她家里出来,为了帕布罗在她院子里屙屎的事冲我嚷嚷,我喊了声"对不起",把帕布罗夹在胳膊底下,撒腿就跑。我在街上向左拐,向右拐,连续拐了几次之后,就不知道自己在哪儿了。

我把帕布罗放在路上。"好吧,捣蛋鬼。"我说,"闻闻回家的路怎么走。"它嗅出了一块小石子儿,然后抬起那张蜥蜴般的脸,斜着眼看我,我就看出它也不知道了。

我们在太阳底下漫无目的地走了一会儿,我的脑袋开始发烫。我担心捕狗人会来找我们,因为帕布罗没有拴狗绳。接着我看见一辆警车,赶紧躲了起来,我可不想因为手里有烟而被捕。最后,我看见了那辆送氧气瓶的卡车,知道它肯定会去我们家。我又把帕布罗抱起来夹在胳膊底下,就像夹着一个橄榄球,把我的喇叭夹在另一只胳膊底下。最后我来到了一个我认识的街角,从那里我就知道怎么走回家了。

"你去哪儿了?"我打开前门时,奶奶问道,"我的尼古丁瘾犯了,心里别提多焦躁了,你倒好,跑到天涯海角去了。"

"我迷路了。"我说,"我拐错了一个弯。"

"这个借口我以前听过。以前你每次放学回家迷路,我就知道你又犯病了。果然，你没法专心做你手头的事情，到处乱跑，就像整夜都有魔鬼在用干草叉子戳你。"

"我已经不是那样了。"我说，"我不像以前了。我变了。我变好了。我在匹兹堡待了一整天，一点儿事也没有。"

"那说明不了什么。"她说，"匹兹堡的人都是疯子，你怎么知道你就不是疯子呢？"

我看着帕布罗。它正从奶奶放在地毯上的杯子里喝汽水，我不由得笑了。

奶奶扯开香烟的包装盒，从顶上抖出一支烟。"你也许能骗过自己，但你骗不过奶奶。"她说，然后划着了一根火柴。

"你只是像以前一样想吓唬我。"我反击道。

"不是。"她呼哧呼哧地说，放下香烟，去拿氧气瓶，"我现在是想把你脑子吓得清醒一点儿。"

我不想再听她说话，她也知道。我把喇叭举到嘴唇边，吹出一声疯狂的鸭子叫。

"好吧。"她说，"该说的话我都说了。现在，去拿几把叉子来。我热了一份快餐，但现在可能已经凉了。"

我像以前跟奶奶生活时那样摆出电视桌，她把电视机调

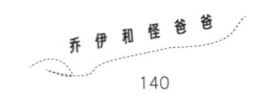

到《价格猜猜看》的节目。一个女人正在做选择,要么选一辆车,要么选三号门后面的东西,要么拿走一大沓现金。

我嚷嚷着"拿现金!拿现金!"情绪变得有点儿亢奋。结果那女人选择了三号门,只得到了一屋子的冰激凌和三明治。我不由得把两只胳膊往上一扬,撞翻了电视桌。它往前一倒,我的鸡肉馅儿饼掉在了地毯上,炸开了花,像有人呕吐了一大桶黄色的、黏糊糊的东西,里面有豌豆、胡萝卜和烧焦的硬皮。

"笨手笨脚的!"奶奶呵斥道,帕布罗吧嗒吧嗒地舔了起来。

"别吃,帕布罗。"我说,"这就等于是吃呕吐物。"

"这不是呕吐物。"奶奶厉声反驳,"只有吐出来的东西才是呕吐物。"奶奶站起身,把一只脚塞到帕布罗肚子下面,把它踢到了空中。"坏狗!"她大喊一声,帕布罗飞了出去。我赶紧往前一扑,想把它接住,但是扑了个空。扑通一声,我的肚子压在那堆炸开花的馅儿饼上,哧溜往前一滑,就像摔在了一摊浮油上。帕布罗落在了我背上,我忍不住放声大笑,因为我们就像在表演马戏团的小丑节目。在我的笑声中,帕布罗汪汪大叫,在地毯上绕着圈儿疯跑,奶奶噘起嘴,点点头,似乎她曾经见过这一幕。

"记住我的话吧。"她说,"你正在变回过去的老样子。"

"我只是摔了一跤。"我说,"我会打扫干净的,爸爸不会生气。"

"我担心的不是收拾烂摊子。"她说,"我担心的是你又有了那种不正常的样子,眼珠子滴溜溜地转个不停。"

我站起身,到卫生间去清洗一下。可是,奶奶的话还是让我感到不安,因为我希望成为全新的我,而不是过去的我。我站在镜子前面,盯着自己的眼睛。她错了。我的眼珠子没有转。但是我的房间在旋转,于是我把T恤衫拉上来盖住脑袋。"我没事。"我对自己说。我果然没事。

那天晚上,我投出的第一个球以齐腰的高度飞过本垒中间,球已经啪的一声落进接球手的手套了,那孩子才挥起球棒。一次完美的投球。我看着那边的爸爸。他在摇头,我似乎能听见他脑海里转动的念头,他在琢磨怎么说服妈妈让我跟他一起生活。在开车过来的一路上,他说我和丽兹是他"第二次机会的家人"。他一路滔滔不绝,说他绝对不会再犯他在妈妈身上犯的那些错误。我问他有没有把这些告诉妈妈和丽兹,他说他正在考虑具体细节,可能需要到汉普顿·邓普顿那儿去做一些思考。

我投出的下一个球是所谓的三振出局,第三个球大约有鼻子那么高,但这时候那家伙已经急眼了,连头顶上方约三米高的球也要去打。下一个球员草草出局,再下一个是地滚球到了一垒。

我坐在场外休息区,把帽子拉下来盖住了脸,这时丽兹走了过来。"嘿,洞穴人。"她掀起我的帽子,说道,"你今晚在场上的样子真厉害。"

"谢谢。"我回答。

然后她探过身,拥抱了我一下。"你爸爸把好消息告诉我了,说你希望我们都在一起生活。"她说。她看着我,就像她在练习装笑脸,准备去上小丑学校似的。

"什么意思?"我问。

"就是说,我和你爸爸可能会一起生活,还有你也是。"

"那不是我的主意。"我脱口说道,"是他的主意。"我指着爸爸，他正在三垒线草地的一条小土路上踱步。

"好吧，不管是谁先想到的吧，我认为这是一个绝妙的主意。"

"我已经有妈妈了。"我说，然后深深地吸了口气，使劲屏住，直憋得差点儿背过气去。似乎我能像老狼吹倒小猪的稻草屋似的，一口气把她给吹跑。

"我不会取代你的妈妈。"她说，"没有人能做到那一点。我只是说，如果你跟我们一起生活，我会非常愿意。我相信你爸爸对这件事感到兴奋极了。"

"他对每件事都感到兴奋极了。"我说。

"我就喜欢他这一点。"她说，"他是个疯子。"

"那么奶奶呢？"我问，抬眼朝看台望去，奶奶坐在那里，一边是她的氧气瓶，一边是帕布罗。

"你爸爸认为她需要进养老院。"丽兹说，"你知道，她在那里能得到持续的医疗照顾。"

我不太清楚她的意思，但肯定不是什么好事。"帕布罗呢？"

"哦，它可以留下。"她欢快地说，"人人都爱帕布罗。"

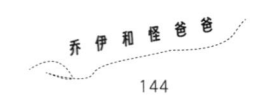

她说的这部分内容倒是事实。但是，说我已经爱上了跟她和爸爸一起生活的想法，就不符合事实了。我知道妈妈也不会愿意这样。

"你想吃比萨吗？"她问，然后举起了手机，"那会不会让你感觉好受一些？"

让我感到好受的每一件东西，都会让别人感到难受。自从我对妈妈说了谎话之后，就一直对自己很不满意。"我可以用一下你的手机吗？"我问她，"我想给家里打个电话。"

"没问题。"她说着把手机递给了我。

我摁了几个小数字，把手机贴在耳朵上。妈妈接了电话。

"嗨。"我说，"我在投球呢。"

"你在哪儿？"她问。

"在场外休息区。"

"亲爱的，太好了。"她说着就笑了起来。

"你为什么笑？"我问。

"因为我想到，你和你爸爸相处得很好，你加入了球队，表现得这么出色，实在是太棒了。我真为你感到骄傲。"

"谢谢。"我说。

第 10 章 秘密

"我很高兴你打来电话,但你最好专心地打比赛。"

"我有件事要告诉你。"我说。

"什么?"

我想把我的秘密告诉她,我想告诉她,爸爸拿啤酒当早饭,还计划让我跟他和丽兹一起生活。但我不想破坏妈妈的好心情,就说:"我爱你。"

"我也爱你。"她说。

就在这时,丽兹把一只手在我面前挥了挥。"该投球了。"她小声说。

我跳了起来。"我要投球了。再见。"说完挂断电话后,我从丽兹身边挤过,朝投球区跑去。

没过多久,我就让第一个家伙出局了。可是在打了第二个击球手两个三振出局之后,我垂下了双手。"我可以叫暂停吗?"我问裁判。

"暂停!"裁判喊道。

爸爸一脸的惊恐,就像我摔倒在一辆行驶的卡车前面。他奔向投球区。"你受伤了吗?"他问。

"你为什么对丽兹说,我们一起生活是我的主意?"

"我只是想讨好她嘛。"他说,"你知道的,让她感到你也希望她跟我们一起生活。"

"好吧,我没有说,是你说的。所以你应该告诉她,她弄错了。"

"好的。"他说,"比赛结束后就说。我保证。好了,别再叫暂停了。"他说。

"别再编造我没说过的话。"我说。

"好的好的。冷静点。快投球吧。我们待会儿再谈这件事。"

"我们从来没有谈话。"我说,"我只有听的份儿。"

"嘿,你现在就说得挺多。"他说。

"你是在我的投球区。"我说,"这里我说了算。"

"好吧,老板。投球吧。"他回答,然后自言自语地走开了。

"还有一件事。"我说。

"什么?"他吼道,原地转过身来。

"早饭不许再喝啤酒,不然我就告诉妈妈。"

"嘿,那对我没什么坏处,而且她只要不知道,就不会觉得难受。"他厉声说,"好了,别毁了我的比赛。快投球吧。"说完他就走回了三垒教练席。

我转过身时,其他队员都盯着我看,似乎我是个怪人。我也不想坏了他们的好事,于是我就专心投球。我让那个击球手出了局,让其他击球手也出了局。虽然我们赢得了比赛,但出于某种原因,我并不感到自己是个赢家。

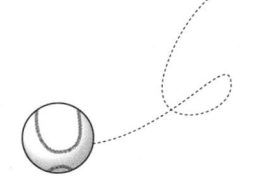

第11章
腿发软

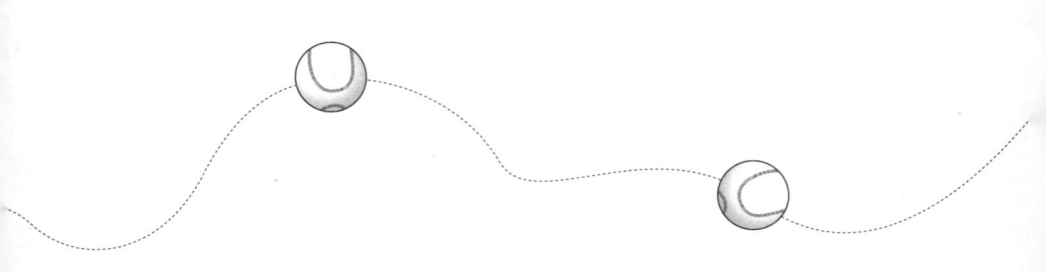

"你需要呼吸一些新鲜空气。"奶奶一边吞云吐雾,一边说道,"你一直在瞎转悠,坐立不安,把我和帕布罗都快逼疯了。你为什么不上外头去,把你的发条松一松呢?"

"你想打高尔夫球吗?"我问她。

"不想。上次我的鼻子差点儿被拽掉了。从那以后,我就想,我这么一大把年纪,还是抽抽烟、看看电视算了。"

"我可以用小车推着你兜兜风吗?"

"你干吗不去纠缠卡特呢?"她说,"也许你们俩可以再到城里去。"

"别提城里了。"卡特在走廊里喊道,"我在想一件更好的事——那是我一直想去的一个地方。"

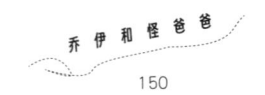

"工作怎么办呢？"我问。

"别提工作了。"他说着走进了客厅，"整天换灯泡、擦地毯，你能坚持多久不发疯呢？那工作会把一个正常人逼得失去理智。"

"那你肯定不正常。"奶奶哑着嗓子说，"它只把你逼去喝酒了。"

爸爸气恼地瞪了她一眼："我们都去蹦极怎么样？"

"如果我从桥上跳下去，准会咽下最后一口气。"奶奶吸着氧气管说。

"我也是这么想。"爸爸轻声嘟囔，朝门口走去。

我腾地跳上沙发，一个劲儿地蹦高，最后跳在了帕布罗挖洞的靠垫上，它气得汪汪叫。"我一直想去蹦极。"我说。

"走吧。"爸爸说，"让我们尽情摇摆。"

开车去的路上，他说："记住，别告诉你妈妈我们去蹦极了。蹦极是男人做的事，她可能不理解。"

"好的。"我回答。接着我想，我和爸爸一起做的事都不能告诉妈妈。她会抓住我问："怎么样？"我会说："挺好。"她再问："你在做些什么？"我会说："做点事情。"她再问：

第 11 章　腿发软

"做了什么特别的事吗？"我会说："没有。"她会一直问个没完，最后只好作罢，放弃了对牛弹琴。

我们在城外开车，经过乡村。我把脸贴在车窗上，看见了车窗外的一切。奶牛、拖拉机、谷仓和干活儿的人们。田里种了一排排的玉米、大豆和甜瓜。爸爸把每样东西指给我看。他什么都知道，因为他的爸爸是一个农夫。"我本来也应该当农夫的。"他说，"但是我觉得庄稼长得太慢了，我长大后就进了城，追求快节奏的生活。"

我很难想象爸爸或者奶奶在农庄上生活。

"后来呢？"我问。

"我的热情耗光了。"他说，"我所有的精力都浪费在坏习惯、酗酒、东奔西走上，似乎我总是在到处奔波，到头来一事无成，只是搞砸了我的生活。"

"你是在哪儿认识妈妈的？"我问。

"在一家餐厅。"他回答，"当时我在学习当一名调酒师，她是服务员，一切就是从那儿开始的。"

最后，我们把车停在一座旧铁路桥上，桥横跨在一道宽阔的峡谷之上。爸爸把车停好，我们下了车。桥中间有一台高高的大吊车，一群人都靠在栏杆上。我和爸爸朝他们走去时，我从桥的边缘望出去。下面是一条小溪，里面有许多黑乎乎的圆石头，其中一块石头上画着一个骷髅和十字骨。吊车司机把一个跳完蹦极的孩子放下来。孩子落到地面时，一个穿橘黄色马甲、戴安全帽的男人一把抓住了他，开始解下他身上的安全带。然后吊车又把安全带吊了起来。

"看见那个骷髅了吗？"爸爸指点着说，"你是不是以为，那是某个失败者摔烂脑袋的地方？"

"你是想吓唬我吗？"我问。

"是啊。"他说着就笑了，"我是想把你拉出来，不要老想着你又需要贴药贴了。你必须让那个念头消失。你没事的。有时候，停药后需要调整一段时间，你在好转之前会变得更糟。"

"所以你现在抽烟更凶了？"我问。

他低头看着我。"是啊。"他说，"我每天都期待着一觉醒来戒掉了烟瘾。"

"真的吗？"我问。

"当然。"他说，"如果你不相信，我就不系安全带从这桥上跳下去。"

有几个人在排队，我们也排队，但却是看别人蹦极。每个人都有点儿紧张，这让我多少感到安心了些。一个少年被绑在了安全带里，然后弹力绳被固定在他后背的一个金属环上。少年爬上几级木头台阶，站在桥的栏杆上。

"数到三，然后扑向那个骷髅。"教练说。

少年数到三，尖叫着俯冲下去，一直尖叫到绳子停止跳动。

"迪士尼世界好像没有蹦极。"爸爸说着笑了，嘴比平常咧得更开。

每次有人跳下去，我的心都会立刻提到嗓子眼儿。我注视着他们上下跳动，紧张地挥舞着腿和胳膊。安全带被解下时，他们侧身倒在地上，过了几分钟后，才像刚出生的马驹一样勉强站起来，踉踉跄跄地朝山上走去。

"腿发软。"爸爸说，"因为害怕。有一次，我为了戒酒去参军。在基础训练时，他们冲着我们头顶上方连开五枪，我吓得魂飞魄散，两条腿连爬都不会了。这应该是有好处的。"

我也这么想。我的腿已经在发抖了，而我除了看别人跳，自己却什么都没做呢。

"你在军队里待了多久?"我问。

"大概八个星期吧。"他说,然后耸了耸肩,"那也并不是天作之合。"

有人发出一声可怕的惨叫,我们都扑到栏杆边,探头张望,以为会看到惨剧发生。结果并没有什么特殊的。依然是一个上下跳动的人哀求着把他放下来。等回过头来,已经轮到我们了。

"你先跳。"我对爸爸说。

"有样学样。"他回答,然后走上前去。他买了两张票,我们都必须在一张纸上签名,声明如果发生意外他们不负责任。他们把爸爸固定在安全带里,用钩子钩住那个金属环。爸爸爬上台阶,站在栏杆上。"汉普顿·邓普顿坐在墙上,"他背诵道,"汉普顿·邓普顿摔了一大跤。国王所有的士兵和大马,都没法让那个破鸡蛋恢复原样。"背诵完后,他把手伸进屁股上的口袋,掏出了一个棕色的小瓶子。他拧开瓶盖,一饮而尽。他把瓶子扔给工作人员。"你能把它丢进垃圾桶吗?"

"你需要一个大点的瓶子。"那人说着把瓶子扔进了一个桶里,"特别是你想找到一些勇气的话。"

"只是一种小药。"爸爸回答,然后冲我眨眨眼睛,用手背擦了一下嘴唇。他往后跳了下去。我在桥边注视着他冲向桥底,双臂交叉着放在胸前,就像已经死了。可是弹起来时,他扭动着腿和胳膊,唱起了"可爱的小蜘蛛啊,爬上了浇水壶。大雨哗哗下,冲跑了小蜘蛛"。他就这么唱着,上下跳动,最后终于停住了。大吊车把他放到地面上,下面的工作人员把他拖进去,解下他的安全带。

爸爸迈了一步,扑通一屁股坐在地上,用双手拢住嘴巴。"腿发软啦!"他喊道。

这时候,我已经套上了安全带,长长的弹力绳被吊车拖上来,固定在我的金属环上。"如果断了会怎么样?"我问。

"我们都会往山上跑去。"那人板着脸回答。然后他哈哈大笑,"我也不知道。以前从没有过这种事。"

"凡事都有第一次。"我立刻回道。

"可以安排,"他回答,"但你要另加钱。"

我爬上台阶,站在栏杆上,眺望着远处弯曲的地平线,觉得自己像海盗在走跳板。多么希望有帕布罗陪着我。

"数到三，往前俯冲下去。"他吩咐道，"一，二——"

"二点五。"我插嘴。我紧张得要命，不知道自己是需要一贴药贴，还是需要恢复理智。你无需神经错乱也会感到紧张。

"三。"那人说，然后双手一拍，"跳！"

我闭上眼睛，因为我的腿已经软成了稀泥，根本没法往前跳，我就跨出了一步。我一路尖叫着落下去，每一次弹起都伴随着我的尖叫。下面的工作人员给我解开安全带，把我交给我爸爸时，我还是神经紧张得要命。

"你没事吧，伙计？"爸爸问，"你看上去像鬼马小精灵。"他必须抓着我衬衫的后领扶我站稳，因为我的腿瘫软得像一摊泥。

"我们再跳一次。"我气喘吁吁地说，"这正是我需要的。"

"你确定？"爸爸问。

"百分之百确定。"我声音颤抖地说，"我一整天都没感觉这么好过。"

"好吧，但不能把胳膊弄坏，今晚还有比赛呢。"他提醒我，"不然的话，我就不系绳子把你扔下去。然后丽兹也会把

第 11 章　腿发软

我扔下去。"

于是我们每人又跳了五次。所有的恐惧、坠落和尖叫，消除了我内心的每一丝紧张。我们到家时，我累极了，直接走进我的房间，把自己扔在床上。似乎我又一次坠落了下去，但这次直接坠入了无尽的黑暗。

恍惚间，听见爸爸在叫我。"快起来。"他说，揪住了我的耳朵，"该准备去比赛了。重要的比赛。"他吹了声口哨，"半决赛。你的胳膊怎么样？"

"挺好。"我说，揉着还没睡醒的眼睛。

"腿呢？"

我站起来，蹲下去，像青蛙一样往前一跳。"很好。"我说，"一点儿也不软了。"

"太好了。"他搓着两只手说，"快，穿好衣服，我们去迎接挑战。"

"好的。"我说，觉得心里迷迷糊糊的，"好的。我们要跟谁打？"

"这是半决赛，伙计。"他说，"赶快。对方球队在你到来之前，把我们打得满地找牙。现在我们要报仇雪恨了。快，我们赶紧行动吧。"

他离开了。我打开柜子，从衣架上扯下我的队服。我还没有让奶奶把它洗掉，但气味并不太难闻。我从高帮棒球夹板里掏出我汗臭的白色脏袜子，穿在了脚上。我把鞋带打了两个结，然后站了起来。

我对着镜子，把头发撩过来盖住那块小斑秃，但没有完全盖住。我就又撩了一下，又撩了一下，又撩了一下。很快，那块粉红色的斑秃就开始发痒，我就开始挠它，最后能感觉到那里的皮肤热乎乎地发亮，就像一件被擦拭打磨的东西。它越来越痒了，我就把手指弯起一点儿，用指甲的边缘抠了一下那里的皮肤，感觉很舒服，最后我忍不住把皮肤撕开了，血倒是不多，就像从一个水泡里渗出的液体。到了这个时候，我还是停不下来，我又搓了几下，最后那地方火辣辣的，就像你用手指尖把火柴捻灭的感觉，我踮起脚尖，搓得更用力了，直到那地方痒得火烧火燎，我没法去想别的事情，没法感觉别的事情，也没法想象别的事情，只觉得那火烧火燎的地方越来越烫、越来越烫，最后我猛地把手移开，插进了口袋，站在那里，屁股像管道清洁器一样扭来扭去，像过去一样讨厌自己，突然间我确信无疑，另一个乔伊已经开始追上我了，而我不知道该怎么办。我忽地转过身，似乎那个过去的我正从门外走进来。然而不是，他已经在我心里了。我伸手拿过那本书，取出夹在书里的那贴用过的药贴，在胳膊内侧上上下下地摩擦。我不停地摩擦，把皮肤都擦疼了，内心一个劲儿地希望里面还残留着一点儿药，然而似乎并没有。突然，爸爸大声喊道："喂，伙计，你准备好了吗？"

"马上就来。"我大声说。我打开抽屉，从我的洗漱包里掏出两个邦迪创可贴。我解开衬衫的纽扣，把药贴贴在了我的肚皮上。又开始了，我对自己说。我知道情况不妙。究竟有多糟呢，我还不知道。但我一直没有忘记我以前的样子，所以不用怎么猜测就知道我会变成什么样。我唯一的希望就是爸爸说得对，我只会变坏一点儿，然后就渡过难关，好转起来了。

"你在里面干什么呢？"爸爸问，"快点，今天是我们改变命运的日子。"

我扣衬衫的纽扣时，双手在颤抖。我戴上我的棒球帽，打开了房门。"我准备好了。"我大声说，脸上带着大大的微笑，这种微笑总是让人以为我一切正常，其实我内心快要爆炸了。

"这才是我的洞穴人。"爸爸说。他放下啤酒瓶，用胳膊搂住我的肩膀，我们一起朝汽车走去。

"我一直在想，"关上车门后，他立刻说道，"一旦你赢了这场比赛，我就去把我的骷髅文身修复一下，如果你愿意的话，可以去打个耳洞。"

"我愿意，"我揉了揉我的耳垂，说道，"但妈妈不会同意的。"

"你是什么人呀？妈妈的宝贝吗？想打就打。"

"我不能打。"我说，"我对妈妈说我不会打的。"

"瞧，你的狗就有耳洞，你凭什么不可以？"

"那是一次意外——"

"有的意外是好的。"他说，"比如你。"

"什么意思？"我问。但我立刻就明白了他的意思，我知道爸爸妈妈说自己的孩子是"意外"时是什么意思。意思是他们没有计划生孩子，可能并不想要孩子，是不小心失误了。听爸爸说"意外"，使我想起我的到来并不受欢迎——我突然想起我们在童话世界时，爸爸嘲笑那个住在鞋子里的老太婆，说她"遭遇的意外太多了"。

"乔伊。"爸爸说，"你冷静点。我没有别的意思。"

"我想给妈妈打电话。"我说，"我想问问她，我是不是个意外。"

"她会把我刚才的话对你说一遍。"他坚持道，"你是一个幸福的意外。"

"既然是幸福的，你为什么离开？"

"因为我不幸福。"他说，"我自己一团糟。"

"你现在呢？"我问。

"好些了。"他说，"我想，你对我产生了好的影响。"

他伸手想来摸我的头，但我从座椅上挪到了车窗边。我没有再跟他说话，而是把自动车窗锁升上去、降下来，反复了无数遍，我宁愿听这咔嗒、咔嗒、咔嗒的声音，也不愿听他一遍遍地说我不是一个意外。

车刚在停车场停住，我就抓起我的健身包，跳了出去。"回来。"他喊道，"我说你是个意外，这完全是个意外。"但这时我已经朝更衣室走去了，那里有一台收费电话。

"你想想吧，乔伊。"他在我身后嚷道，"如果我没有计划把你永远留下，会让你上这儿来吗？"

我只听到这么一句，因为在那之后，我就只听见我的夹板踩在砾石路上的嘎吱声，以及我粗重的吸气和吐气声。我想给妈妈打电话，问问她我是不是个意外，但我身上没有打电话的钱，只好转身离去。我低垂着头，一直往前走。我经过了爸爸，我经过了那些球员，我一直走到投球区，绕着它的边缘走了一圈又一圈，把脚下的土踩平。没有人来打扰我，直到接球手把球扔给我，我投了几个热身的球，说道："我准备好了。"

对方先击球。

"加油，洞穴人。"爸爸吼道，"把那孩子'干掉'。"

我挑了一个简单的高球，击球手击出了一个本垒打。

"暂停。"爸爸冲裁判大喊，然后跑到了投球区。"出什么事了？"他问。

"那是一个意外。"我说，朝他微微一笑，"是一个错误。"

"乔伊，这件事我们可以过后再谈。"他说，"现在，你就专心投球。"他转过身，跑回了教练席。

我让第二个击球手得分，让第三个也得分。

第 11 章 腿发软

"暂停。"爸爸大叫。他又跑到了投球区,"怎么回事?"

"把丽兹的手机给我。"我说,"我要给妈妈打电话。"

"现在别打,乔伊。"爸爸不耐烦地说。

"我要么现在给妈妈打电话,要么就全让对方得分。"我回答。

"你这是见了什么鬼?"他气呼呼地问,"嗯?"

"你。"我说。

他叹了口气,然后朝裁判竖起一根手指。"家庭突发事件!"他一边喊,一边跑向丽兹,从她钱包里掏出手机,跑了回来。

"站到我圈子外面去。"我接过手机时对他说,然后拨了号码。他退后了几步。

"喂,妈妈。"妈妈接听后,我说。然后不等她再说什么,我就脱口问道,"我是个意外吗?"

"你在说些什么呀?"她问。

"我是说,我是不是一个你不想要的小意外?"

"不是。"她立刻回答,"不,绝对不是。谁跟你说的?"

听得出来,妈妈生气了,非常生气。"爸爸告诉我的。"

我说,"你想跟他说话吗?"

"对。"她没好气地说,"让他接电话。"

我把手机递出去,仿佛那是一根点燃了引信的炸药。爸爸伸手来接。他背过身,他们唇枪舌剑了一番,最后他嘟囔着:"我们不能整晚讨论这件事。这里正在进行一场附加赛,我们正站在投球区呢。"很快,他把手机递给了我。

"乔伊。"妈妈说,改变了话题,"你贴药贴了吗?"

"贴了。"我回答,"现在就贴着一贴呢。"

"听你爸爸的话,乔伊。我想,你在比赛中间打电话,他肯定不会满意的。我也不会。现在,把手机还给你爸爸,专心打球。我们事后再谈。好吗?比赛结束后给我打电话。"

"好的。"我说,"我只想知道我不仅仅是个意外。"

"你是我生活、呼吸和咬牙切齿的理由。"她笑着说,"好了,快去'消灭'那些队员,把奖杯拿回家来给我看。"

"好的。"我说,把手机递给了爸爸,"我觉得好多了。"

"不许再耍花招儿了。"他警告我,"不然有你好瞧的。"

他走开了,这时裁判朝投球区走来,另一个教练在嚷嚷,队员们都在场外休息区朝我们喊叫,就连几位家长也在发出嘘声，叫我们退出比赛。

但是爸爸离开后，我稳定下来，投了几个漂亮的球，让每个人都闭了嘴。我回到场外休息区坐下，把帽子拉下来盖住了脸。接着我想起我的录音机在包里，就把它拿出来，把电线从衬衫后面绕上来，把耳机塞进耳朵里，把音量开得很大。我开始前后摇晃身子，同时又开始挠头皮。

"嘿。"丽兹说，她拽掉我的一只耳机，吓了我一跳，"你的脑袋怎么了？看你挠个不停，就像头发里有一窝虱子。"

"是啊。"我说，把帽子从脸上掀起来，"我有虱子，是帕布罗传给我的。"

"好吧，我们给你买一个灭虱项圈。"她说，"给帕布罗也买个配套的。"

我笑了。

"你爸爸说你很紧张。"她鼓足勇气说，"有什么我能帮到你的吗？"

按照爸爸的说法，我应该自己帮助自己。我知道丽兹是想好好对我，我也想好好对她，可是我一点儿也没心思说话。我嘴里发干，浑身都奇痒难忍，唯一能让我感觉舒服点的就是音乐。于是我用帽子把脸挡住，把耳机往耳朵里塞得更深一些，跟着音乐点头。感觉还不错，后来丽兹拍了拍我的肩膀，指着投球区。

"该你上场了。"她喊道。

我站起来，掀起帽子。我把录音机塞进屁股上的口袋，朝投球区跑去。蒂华纳铜管乐队还在演唱《橘子》，我似乎一点儿也不紧张。我平静下来，专心投球，不停地让击球手三振出局，打得顺风顺水。我们队连连得分，我没有让对方给我们造成任何损失。可是打到第五局时，我的录音机电池耗尽了，歌声变得模糊不清，我也感到有点儿犯糊涂。我让一个击球手两次三振出局，然后看着场外的爸爸。

"暂停！"我喊道，把耳机从耳朵里拔了出来。

爸爸跑到了投球区。"又怎么啦？"他问。

"我需要新电池。"我说。

"给你的胳膊？"他问。

"给我的录音机。"我转过身，让他看到我屁股上的口袋里的录音机，以及从衬衫后面往上绕过我脖子的电线。"它能帮我集中注意力。"我说。

"你只是不想听我冲你嚷嚷。"他回答。

"我不喜欢听你喊叫。"我表示赞同,"我只想尽力把球打好。"

"那就专心投球。"他说,"我不再嚷嚷了。这不是开舞会。这是一场棒球比赛。"

"没有电池,"我说,"我就不投球。"我把球递给他。

"快点。"裁判喊道,"让比赛继续进行。"

"给我一局时间去买电池,乔伊。"爸爸说,"讲点道理吧。我口袋里并没有装着电池。"

"好吧。"我回答,"一局。"爸爸跑回教练席,我让击球手三振出局。

当我回到板凳上,又开始挠我那块痒斑时,丽兹拿着四节电池跑了过来。

"乔伊,"她指着我的脑袋问,"你真的没事吗?"

我把电池装进我的录音机。"大虱子。"我说。

"你的脑袋在流血。"她回答,想要来摸我,但我急忙跳开,把帽子戴上了。

我让对方三振出局,我们队又拿到了几分,然后我又上场来到投球区。我们领先了四分，我望着场外的爸爸，脸上露出微笑。他也朝我微笑，看上去非常高兴。我朝他挥挥手。他也朝我挥挥手。

"暂停！"我喊道，把我的录音机关掉了。

爸爸像一头公牛似的直接朝我冲来。

"又怎么啦？"他问。

"我想跟你对话。"我说，"我一直搞不懂，我这么远跑来看你，你却从来没告诉我你为什么一次也没来看我。"

"你非得现在谈这个事吗？"他气急败坏地吼道，用一根手指指着我，"你一整天都跟我在一起，一声不吭，这会儿想要谈谈？"

"因为只有你说话的份儿。"我说。

"好吧，我现在不想谈。"他回答，"没门儿。快投球！"

"快点，孩子。"裁判吼道，"这是最后一次警告你。我们不能整晚上都玩这一出。你要么好好打球，要么现在就走人。"

"把帕布罗带来给我。"我说，"我要帕布罗陪我。"

"快点。"裁判说。

"帕布罗。"我又说了一遍,"把它弄来。"

"下一局吧。"爸爸说,他的脸绷得像拳头一样紧,"你可以把它当球扔出去,跟我没关系。"

裁判迈步朝投球区走来。"再叫一次暂停,"他威胁道,"这孩子就被逐出赛场。"

"别给我搞砸了。"爸爸压低声音说,"不然有你好瞧的。"

他迈着大步离开,腿和胳膊大幅摆动,就像一串风铃。他回到教练席,裁判也站好了位置,我就挥臂准备投球,却让球一路滚到了本垒。

"好球!"我喊道,然后像冠军一样挥舞着双臂。

"这不是保龄球!"爸爸吼道。

"我投的是好球。"我大声说。我知道,已经如愿以偿把他逼得很恼火了,于是,在这一局剩下来的时间里,我投出了几个真正的好球。得了几分之后,我结束了比赛,把录音机开得震天响,帕布罗蜷缩在我的衬衫里,就像一个啤酒肚,悬挂在我的皮带上方。我们以六比三赢得了比赛,但是看爸爸的样子,就像他没系绳子从蹦极桥上摔了下去。我的心情也好不到哪儿去。

我来到场外休息区，他对我说的第一句话是："你在逼我去喝酒。"

"别冲我发火。"我说，"我需要一些药。"

"你把这神经过敏的事玩得太过火了。"他气冲冲地说，"你不需要用药。你需要管住自己。"

"好。"我说，"我会管住的。"我用胳膊抱住自己，原地转了一圈又一圈。爸爸抓住我的肩膀，我扭动着挣开，东倒西歪地跳起了舞，他拼命想让我冷静下来。

"好了，小伙子们。"丽兹吩咐道，把胳膊插在我们中间，"散散步，消消气。"她让爸爸转过身，然后推着他朝计分牌走去。

"爸爸。"我喊道，伸出了一只手，"跟我击个掌，我们和好吧。"

"别太嚣张了，乔伊。"他扭头看着我说，"今晚我已经受够了你的鬼花招。"

丽兹伸出手来，握住了我的手。"该回家了。"她平静地说，"你今天过得不容易。"

确实很不容易。我和奶奶、帕布罗坐进了丽兹的车里，她送我们回家。我不知道爸爸去了哪儿。我忘记了给妈妈打电话,直接跑进我的房间,解开一只鞋的鞋带。另一只鞋的鞋带打了个死结,我想把它解开,但我的指甲被啃得那么秃,解不开鞋带。过了一会儿,我根本没法解鞋带了,因为我的双手抖得那么厉害,使我失去了耐心。我开始死命拉扯鞋带,我明知道那个死结越来越小、越来越紧,但就是管不住自己,一心想把它扯开。最后,我无奈地发出一声号叫,脱掉衬衫,把它狠狠地甩到房间那头。我穿着裤子和一只鞋上了床,虽然很困,却怎么也睡不着。我不住地想着电影《人体入侵者》,觉得我不能再睡着了。电影里的人醒来变成了僵尸,我醒来会变成神经质。

第12章
恐怖故事园

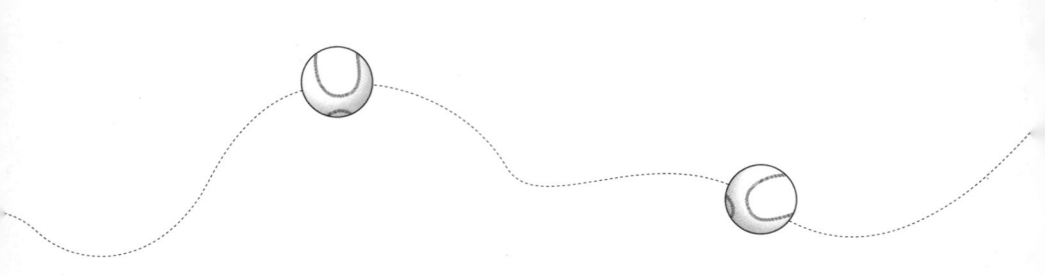

第二天早晨，我醒来时感到自己一半是我，一半不是我，就像你把小苏打和醋混在一起，得到一种完全莫名其妙的第三样东西。没错，这就是我的感觉，是一种还没有名字的东西。像呲呲冒泡的化学实验。

而且，我一只脚上还穿着鞋子。

"起床吧，灰姑娘，舞会结束了。"奶奶贴在我的耳边大声说。她站在我床边，拎着帕布罗的两条后腿，让它舔我的脸。

"爸爸呢？"我问，也赶紧舔了舔帕布罗。

"还在庆祝呢。"奶奶说，"他没有回家，我需要去看医生。"

"为什么？"我问。

"测一下我的肺。"她喘着气说，"他们让我往一个机器里呼吸，就能看出我的呼吸是不是好转了。"

"可是你还在抽烟呢。"我说，"不是会越来越糟吗？"

"不。有时候也会好转。"她说，"我有个朋友，她一口咬定，每天抽两包烟能让她不得癌症。"

"听着像是个疯子。"我说。

她指着我的脚，扬起了眉毛。"看看是谁在说话。"她说着就唱了起来，"摇啊摇，摇啊摇，我儿子约翰乖宝宝。没脱裤子就上床。两只脚只穿着一只鞋——"

她唱不下去了，因为又开始咳嗽。

"你想让我陪你去看医生吗？"我一边问，一边从床上起来。

"是啊。"她呼哧呼哧地说，"那敢情好。"

"我就当一回敢情好先生吧。"我说。

我跳着脚走进厨房，拿了一把牛排刀，然后蹲下来，割断了鞋带的那个死结。我脱掉鞋子和球袜，走进卧室，穿上了我的牛仔裤、T恤衫和一双运动鞋。

奶奶在门廊上等我。"公交车站太远了。"她说着递给我一个涂着白色糖霜的蓝莓馅儿饼,"但公交车直接经过诊所。"

我放好踏脚凳,扶她上了小车。她在沙发靠垫上坐稳后,我把氧气瓶放在她身边。我让帕布罗坐在了它的宝宝椅里,用蓝莓馅儿饼安抚它的情绪,然后我把踏脚凳塞到小车底下,我们就出发了。

公交车站有一个水泥长凳,就在便利店过去一点儿。唯一的阴凉是金属站牌投下的那点影子。天真热啊,帕布罗脸上糊满了融化的馅儿饼糖霜。我把奶奶扶出小车,让她坐在长凳上。她戴上了她的那副特大号墨镜,说道:"把小车和踏脚凳藏在灌木丛里,我们回来的时候还能用。"她指着一片长满杂草和灌木丛的空地。我照她说的做了,因为这比我脑子里冒出的那些念头好得多。

我在她身边坐下,说道:"我需要用药。"

"我也是。"她说,"也许医生能把我们俩都治好。"

"是啊。"我说。

"你紧张吗?"她问,伸出手来把我的一些头发拂过去盖住斑秃。

"我总是很紧张。"我回答。

"我指的是比赛。"她说,"你害怕输吗?"

"可能吧。我更担心的是如果输了该怎么办,如果爸爸发起疯来骂我,然后我反应过激,开始发神经。"

"我想你很快就会搞清楚的。"她说。

"没错。"我回答,然后叹了口气,就好像我的肺也漏气了,"好吧。"

"我猜是因为我现在病了吧,我经常想起我们一起度过的许多好时光。"她说。她总是用嘴呼吸,所以嘴唇发干,扭曲的笑容就像用起子撬开的什么东西,"还记得我把那个扫帚柄一劈两半,在你的每条腿上各绑一根吗?我以为那会让你速度慢下来。"

"记得。"我说。这件事以前不好玩,现在想想很搞笑。

"但并没能让你慢下来。你只是直着腿横冲直撞,像一个亢奋的科学怪人。"

我哈哈大笑,因为后来我跑到了外面,邻居家的女人以为奶奶终于把我的两条腿都打断了。她想迅速带我去看医生,嘴里不停地说:"上这儿来,告诉我是怎么回事。"最后我就径直走到她耳边，大喊一声："我是个怪兽！"然后踩着沉重的脚步离开，她没有跟上来。

"还记得你爬进洗衣机，把开关打开了吗？如果不是你叫得那么响，等我发现你的时候，你早就被转叶打成糨糊了。"

我又放声大笑。但笑的声音是"哈，哈，哈"，就像大人听到别人讲了一个不好笑的笑话，出于礼貌而笑几声。多么希望我能发出真正的、让我肚子疼的大笑，可是那台洗衣机搅得我真疼啊，还没等我反应过来，我的假笑就变成了"哎哟，哎哟，哎哟"，似乎我又一次被桨叶来回地抽打。

幸好，公交车来了，我们慢慢地上了车。奶奶乘车免费，因为她是老年人，我乘车也免费，因为奶奶对司机说我不到六岁。车上没有别的乘客。我把奶奶安顿在残疾人专用座位上，把帕布罗放在她身边。帕布罗没有残疾，但也不是正常乘客。

我站在车里，这样可以抓住杆子，滴溜溜地旋转。过了一会儿，我想出了一个让自己忙碌的游戏。我按下"停车"键，跑到车的前门。

"站在黄线后面。"司机对我说，因为我没守规矩。

"好的。"我回答。

汽车到站后，司机打开前门，我跑下台阶，返身往回冲到汽车的后门。我拉开车门，又跳上汽车，在一个座位上坐下来，脑袋前后晃动，屁股扭来扭去，嘴里吹着口哨儿。奶奶只是冲我摇头，用"你最好小心点"的眼神瞪了我一眼。我对她做出一副无辜的样子，很快就站在过道里，在汽车里玩起了冲浪。我跌跌撞撞，向前俯冲，就好像我在夏威夷波涛汹涌的大海上。接着，我看见了下一个车站的长凳，就赶紧按了"停车"键，我在司机的大镜子里看到他正盯着我。

"该停车啦！"我喊道，"我要去逛街，去见朋友！"

司机瞪着我，我看着奶奶和帕布罗。"问一问，"奶奶嘶哑着嗓子说，"这车上有没有吸烟区。"

"喂，司机！"我冲前面喊道，"车上有吸烟区吗？"

司机转过身。"有啊，有两个呢。前保险杠一个，后保险杠一个。你自己挑吧。"说完他哈哈大笑。

"真滑稽。"奶奶嘟囔着，开始从烟盒里掏出一支烟。

"你要抽烟吗？"我问。

"是啊。"她说，"他敢怎么样？把一个残疾老人扔下车？让他试试吧，我要叫帕布罗把他咬死。"

下一站司机没有停，我就站起来把"停车"键按了一遍又一遍，最后那个蜂鸣器几乎是不间断地响。

"我真的需要下车！"我嚷嚷道。

终于，司机把汽车靠路边停了。我跳下台阶，转身朝后门跑去。可是后门打不开，我顿时紧张起来，返身跑向前门，可是司机已经把门关上了。车开走时，我在高高的后视镜里看见了他那张丑陋的笑脸。

"奶奶！"我喊道，使劲挥舞着双臂，追着车跑。我没有看见奶奶的脸——只看见她的车窗里冒出一股烟。不一会儿，他们就远去了。我不知道自己在哪里，就站在长凳上等着，终于看到了下一辆公交车。我跟司机说我所有的钱都丢了，他就让我免费坐车了，但是说他不能去追另一辆车，所以我根本不知道自己要去哪儿。我眼睛盯着窗外，寻找一个诊所，但是汽车开出很久之后，我看到了我们家附近的那个公交车站，我们就是在那里上的车。于是，我知道我错过了奶奶要去的地方。我按了"停车"键，下了公交车。我在长凳上等了又等，我没有手表，但知道自己等了很长时间，因为我拦停了二十四辆公交车，问二十四位司机有没有看见一个老奶奶，带着一只吉娃娃和一个氧气瓶，他们都说没有看见她的踪影。我不知道那个捉弄我的司机去了哪里。我不由得猜想，也许奶奶把他给逼得抓狂，他把车子一停，溜之大吉了。

我就在那片空地上到处乱跑，朝路牌扔石头，用树枝捅蚂蚁窝，在泥土里画怪脸，做各种捣乱的事。最后，一辆公交车停下，奶奶颤巍巍地下车。她拖着氧气瓶，抓着可怜的帕布罗，她抓得太用力了，在帕布罗身体上留下了她的指印，就像我在面包店里捏那些白面包一样。我把东西又都装上小车，然后推着她回家。

"你永远也没长进。"她不停地说，"总而言之是你的问题。每个人都想把你管教好，你就是不争气，也许没法把你管教好了。"她继续说道，"也许你是那种破了以后再也没法修补的东西。"

我垂下脑袋，心情又郁闷了。我跟她在一起时，每次我做错了什么事情，她狠狠地骂我，我都是这样情绪低落。

最后，我灵机一动，改变了话题。"医生对你说什么了？"我问。

"他说抽烟确实能让我好起来。"她说，"如果我抽一种好点的牌子，这会儿早就痊愈了。"

于是，我们经过便利店时，我走进去，用我最后一点儿应急的钱给她买了几包好烟，这让她对我感到很满意。

天已经擦黑了，但是我在路上能看见爸爸的车停在车道里。我们走近时发现他站在门廊上，手里拿着一瓶啤酒，用一个破旧的小望远镜看着我们，翘着脚尖来来回回地摇晃，似乎是在汹涌的大海上。

我把小车停住，扶着奶奶下车，爸爸在我们周围绕圈子。

"我等了整整一下午。"他说，然后指着他胳膊肌肉上的一个绷带，"有一个特殊的东西给你看。"

他夸张地扯开绷带。他胳膊上原来刺着骷髅文身的地方，有一个漂亮的新文身，图案是我的棒球服。我刚想伸手去摸，他一把勒住我的脖子，用指关节敲打我的斑秃。我疼得要命，但并不在意，我笑得像一个万圣节南瓜，眼睛和耳朵里都在放光。我从没想过有人会把我的名字文在自己的胳膊上。

"你做这件事时喝醉了吗？"我问。

他嘴角弯弯地翘起来，像扭曲的纸。

"我出去庆祝了。"他回答，弯弯的嘴角像悠悠球一样收放自如,"没有人会在清醒的时候刺文身!这个文身还没弄完呢。等你拿到了冠军,我要把你的纪录——5胜0负——跟'警体联冠军'文在一起。"

"丽兹也文身了吗?"我问。

他笑了。"下次你见到她的时候,问问她脚踝的情况。"他害羞地提议。

"你能把胳膊挪开了吗?"我抱怨道,"你的狐臭要把我熏死了。"

他松开胳膊,我像扭软木塞似的转了转我的脑袋。我想把脑袋往后仰,但我的脖子像被拧断了一样。"我又在思考了。"他对着我的耳朵嗡嗡地说,"因为明天是重要的一天,我们必须去向我的朋友汉普顿表示敬意。"

"谁?"我用沙哑的嗓音说。

他把我拖过门廊,拖下台阶,我的腿和脚都扭曲在身后。

"放开他。"奶奶吼道,"你要把他的脑袋拧断了。"

"我是跟他闹着玩的。"爸爸说,"别这么生气。"

"你们要去哪儿?"奶奶问。

"别多管闲事。"爸爸一边扭头喊道,一边拖着我往汽车

第 12 章 恐怖故事园

走去。"进去。"他吩咐道,打开车门,把我扭送到座位上。他砰地关上车门,绕到了他那一边。

"不用等我们。"他朝奶奶嚷道,"做什么都行,不要做饭。我可没时间给你收拾烂摊子。"

他刚坐下,就把手伸到后面,从六罐装的啤酒里抽出一罐。

"爸爸,你开车时不能喝酒。"我说,仍然有些上气不接下气,"我感到害怕。"

"那就你来开车。"他没好气地回道,一脚踢开了车门。

"那也让我害怕。"我说,然后我把脑袋在脖子上转了几圈,似乎想把它拧紧一点儿,为接下来的野蛮驾驶做准备。

"那就别为一罐啤酒操心了。"他回答,把车门又关上了,"还有一点,不要为生活中的小事大惊小怪,不然会要了你的命。"他打开发动机,迅速把车拐到了街上,"把你的担心留给大事情,比如想出一个好计划,让你能留在我和丽兹身边。我们必须说服你妈妈。你在这方面有什么好点子吗?"

没有,而且我并不想说服妈妈。我想直接跑到她面前,把头埋在她怀里,让她用胳膊搂着我,给我唱那些忧伤的乡村歌曲，这个时候，我就能听到她的嗓音在她的肚子里轻轻震荡。

"好吧，我倒是想出了几个点子。"爸爸继续说道，"谁占有，谁主动，目前嘛，"他说，探过身一把抓住我的肩膀，"你和我是一个团队的。对吗，伙计？"

"你是我的爸爸。"我说。

"你是我的孩子。"他回答，摇晃了一下我。

"我可以打开收音机吗？"我问。

"不要噪声。"他说，"我们需要安静。"

我没有说话，他也没有说话，我真希望是我开车，因为那样我就有事可做，不会在座位上动来动去，把大腿和胳膊上的肉捏来捏去，就像我是橡皮泥做的，我可以把自己拉伸和挤压成奇形怪状的一大团。过了一会儿，爸爸关掉了车前灯，车子拐进一条土路，最后停在了两棵垂柳中间。

"这是童话世界的后门。"他轻声说，"晚上我称它为恐怖故事国。"他绕到我这边，剩下的五罐啤酒挂在他的手腕上，像一个粗笨的手镯。

"我喜欢黑暗中的这个地方。"他说，然后托了我一把，让我翻过铁丝网围栏。他爬上铁丝网,从顶上翻了进来:"跟我来。"

我觉得仿佛穿行在一本漆黑的童话书里,夜里这本书合上了,被扔在了床边。

确实很恐怖。每次树木晃动,我都想到是巨人在走来走去。我们经过老太婆的鞋屋时,我想,只有疯子才会住在一只臭鞋子里,而且我有一种感觉,似乎她的小孩子都跑了出来,不为别的,专门为了追我。我猜想大灰狼会把我一口吞掉,驼背人看上去凶得要命,要拿他的棍子来打我。当我们终于来到汉普顿·邓普顿面前时,他看上去就像某个人肚子太大,把两条瘦腿压坏了似的。他现在受了伤,正在伤心地哭泣,因为没有人能帮助他好起来。白天,所有的故事似乎都在教人们怎样变得善良和聪明,可是在夜里,所有的故事似乎都讲的是有问题的人。也许这就是爸爸喜欢它们的原因吧。我想。他在这里没有违和感。现在我也是。

"我害怕,爸爸。"我说。

"别害怕。"他回答,"这些都是假的。"

"不,我指的是不跟妈妈一起生活。我害怕,不敢告诉她。"

"嗨，我认为你应该告诉她。"他说，"我认为你应该给她打电话，对她说你要留在我身边，让她直接听你嘴里说出这话。"

"不。"我说，"她会生气的。"

"我来对付她。"他说，"你就做你自己，告诉她，你想跟你爸爸一起生活。"

"爸爸，关于做我自己，我有一件事要告诉你。"我说。

"那就告诉我吧。"他说，"我听着呢。"

"好吧。"我说。我拼命地想，第一句话从何说起，可是怎么也想不出来，因为我越是想打开话匣子，脑子里的想法就变得越支离破碎。我想告诉他，我认为我们俩太相像了，都是神经质，都需要用药，不应该住在一起，因为我只想跟妈妈一起生活，我是爱他的，但是更喜欢跟妈妈一起生活，他不应该为此而恨我。可是这件事似乎没有办法说清楚，虽然我知道自己的感觉，但语言都堆在一起，挡住了我的嗓子眼儿，我想说话却说不出来，这让我感到难过，觉得我不像自己，而更像一个陌生人，我正在变成那个陌生人，却对他一无所知。

"我认为你大概想说这个。"没等我说出话来，爸爸就说道，"突然间同时发生了这么多变化，你需要做的就是顺其自然，解决问题。仅此而已。你就看着吧。根本不要去谈论它。只需战胜困难。相信我吧，你和我是一类人，所以我知道你在经历什么，放轻松就好。"

"不是这么回事。"我说，"不是。"

"好吧，不妨这么考虑。"说着，他又打开一罐啤酒，"你知道我变成现在这样的一个原因，是不是，乔伊？因为我总是在一心追求完美——追求生活最好的样子——我可以想象每件事都完美无瑕，但在现实生活中却达不到完美。我自己不完美，你妈妈不完美，我妈妈不完美，丽兹也不完美，所以我才需要你明天打赢比赛。我这一辈子都想当一个赢家，你就是那个能帮我实现心愿的人，你将成为我的完美小角落。"

"我想做到完美。"我说，"很想。"

"那就别紧张。你不用整场比赛都完美。我只想要赢。"

"我是说，我已经犯了一个错误。"我说，"我不完美。"我想告诉他，我应该坚持用药，不把实情告诉妈妈是错误的，以为我能自己搞定一切是错误的。我只是不想惹别人生气，因为我从小到大都在惹别人生气。不听妈妈的话是错误的，妈妈告诉过我，不要为了她或爸爸做事，要为我自己做事。可是我没有听她的话，现在要想改回来已经来不及了，我很生自己的气。

"没有人是完美的。"爸爸说，"你必须比对手强才行。"

"爸爸，我害怕。"我说，"我们回去吧。"

"先别回去。"他说，"我把最好的东西留在最后。我知道怎么打开碰碰车。"

这吸引住了我。"我最爱碰碰车！"我喊道。

"我也是。"他说，"我夜里溜进来时，就把碰碰车打开，在场子里呼呼乱转，一个人撞来撞去。撞别人总是比挨撞更过瘾。"他说。

我想对他说，我总是把他想象成一辆失控的碰碰车，在街上横冲直撞，在家里各个房间蹿来蹿去。可是没等我开口，他就跳起来，顺着一条小路往前跑，我赶紧跟了上去。

来到那些碰碰车前，我看见一辆车的正面画着一张斗鸡眼的小丑脸，就知道我想开这辆了。爸爸擦亮一根火柴，照着打开了操作员椅子旁边的一块配电板。他摆弄了几分钟，然后打开一个开关,那些碰碰车突然向前动了一下。

"演出开始了。"他喊道,"各自为战吧。"

我已经在车里做好准备,他跳上了一辆车的引擎盖。那辆车被画成了一个复活节彩蛋,于是我知道,我要把他变成一个真正的汉普顿·邓普顿。我脚踩踏板,抬头一看,发现我身后电力杆与天花板接触的地方留下一串火花,我想象自己的思想也像火花一样绽放。我比爸爸个子小,所以我的车速更快。开到第二圈时,我就瞄准了他,把他的车撞进了一个角落。他想返回车道中间,但我又狠狠地撞了他一下,把他挤在了两辆车中间。我一次次地把车倒回来,撞向他,再倒回来,再撞向他,他的脑袋剧烈地前后摆动,就像我在拼命摇晃他。最后他大声喊道:"够啦,够啦!"

可是我觉得还没够。我继续让他领教我的厉害。他站在座位上,想往另一辆车上跳,我又撞了他一下,他身子向前一扑,一片片火花纷纷落在我们身上,就像国庆节的烟花在我眼前绽放。爸爸失声大叫,我的车顿时停了下来。

"我的手!"他喊道,在光滑的金属地板上跳来跳去,"我抓住了电力杆,被电到了。还好,幸亏不是你。"他说着吹了吹自己的手，"你还要投球呢。我只需要嚷嚷。谢天谢地，我的嘴没有被电着。"他开始放声大笑，就像某个拿苍蝇当晚饭的狂魔。我也大笑起来，不是因为他的手被灼伤了，而是因为我突然好像全身充满了电。我想象着，如果我把眼睛、嘴巴、鼻子、耳朵都张得大大的，你往我的身体里看，只能看见火花在到处飞舞。

"疼得厉害吗？"我最后问。

"不。"他说，"我小时候——上帝做证——奶奶经常给我一个回形针，叫我把它捅进墙上的插座，因为她知道电我一下会让我安静。见鬼，在那些日子，几千瓦电流甚至偶尔能帮我入睡呢。"

"那就跟我击个掌吧。"我笑着说。

"你这变态的家伙。"他说，"我手上起了个煎饼大的水泡，你还想给它一巴掌。"

我笑得更响了。"吧唧！"我说，想象着我一巴掌过去，水泡被拍炸了。

"我们最好离开这里吧。"爸爸说。

我们回到车里。"帮我再开一罐啤酒。我喝酒时，还能给受伤的手做冷敷。"

我照办了,然后我们一路开车回家。

"话说,明天的比赛很重要。"爸爸说,"今晚好好睡一觉。"

"好的。"我说。我已经精疲力竭。但是,我走向自己的房间时,知道肯定睡不着。我已经好几天睡不好觉了。我总是醒着,就连帕布罗都不满地嘟囔,怪我吵醒了它。我躺在床上,听着奶奶每一次吃力的喘息声。我把那贴用过的药贴在肚子上反复摩擦,就像阿拉丁在擦神灯,我轻声说:"真希望我在妈妈家里,真希望比赛已经结束,真希望我又变得正常,真希望爸爸没有吓唬我,真希望……"

第13章 月亮

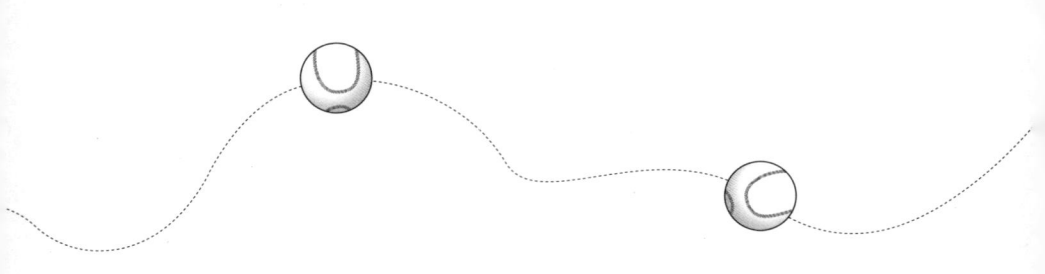

早饭桌上,我变得有点儿紧张,不停地坐下、站起,坐下、站起,坐下、站起。

"拿定你的主意。"奶奶说,"你到底是进还是出?是站还是坐?"

"我回头再告诉你,好吗?"我脱口说道,然后哈哈大笑,却忘了自己为什么笑,只觉得内心空落落的。

"你又发疯了。"奶奶说。她站起身,向卫生间走去。

她刚离开,我就伸手去拿电话。我拨了家里的号码,铃声响了一遍又一遍,我开始想,妈妈不在家,也没有上班,我脑子一片混乱,觉得她去了什么地方却没有告诉我——比如又去了墨西哥,虽然我知道她没有去,但说不定她还是去了。她可能去了一个生活轻松得多的地方，在那里没有我烦她，她会过得更开心。也许她厌倦了替我担心。我想，如果我现在开始走路，等我走到家时，她已经不在了，桌上连一张字条也没有，什么也没有。她的所有东西也都打包带走了。我会打开她的橱柜，里面空荡荡的，只有几件旧东西，它们会让她想起跟我一起生活的日子，她把它们抛下了，就像把我抛下了一样。她抽屉里的东西也都不见了——她所有的香水、首饰、鞋子和杂志，留在她房间里的，只有我动来动去的模糊的照片，因为她现在正忙着创造新生活，不愿意再想起以前的生活了。我迫不及待地想见到她，让她把我抱在怀里，尽管我残存的一点儿理智告诉我，我的想法已经失控。我已完全控制不住自己，听不进理智的意见，听着电话铃一遍遍地响，我突然想起妈妈已经没有驾照，即使我想要她来接我，她也办不到，于是我对自己说："索性走回家吧，只要出门顺着道路往前走，总能走到家的。"虽然我觉得我的腿里装满了弹簧，绕地球走一圈都不在话下，但我知道，如果她想逃跑，我速度再快也拦不住她。突然，我想到了爸爸的汽车，我就挂断电话，走进爸爸的房间。他还在呼呼大睡，我知道他还得睡一会儿，因为在他床边的地板上，整整齐齐地摆着许多空啤酒瓶，就像一排褐色的尖桩栅栏。我拿起他叠在一把椅子上的裤子，从口袋里掏出钥匙，悄悄地溜到了走廊上，只听奶奶在卫生间里叫我。

"快进来。"她说。我以为她看见了我拿钥匙，正要对她说我打算去洗洗车，不料她却说："我需要听听你的建议。"

我把脑袋探进卫生间的门，惊得差点儿尖叫起来，但我忍住了。奶奶把一侧面颊上的一半松弛的皮肤拉到了下颌后面，揪成一团，用一个晾衣夹夹在了耳朵上。"你说，我做个拉皮手术会不会好看一些？"她问，然后呼呼地用嘴呼吸，就像一条出水的鱼，"我去看你的一场球赛时碰到一个好心人，他说我二十年前准是一个大美人。"

我不知道该说什么，但还是张开嘴，说道："你最好留点神。如果把皮肤拉得太紧，它会裂开的，就像死命地拉彩泥一样。"

"真是个恶心的想法。"她没好气地说，然后又去照镜子，查看自己舌苔的颜色。她的舌头灰不溜丢的，而且像加油站的肥皂似的裂开了道道。我不想再看了，当她叫我拿起那个小塑料刮舌板，刮去她舌头上那些黏糊糊的东西时，我像见了鬼似的惊呼一声,转身顺着走廊跑开了。

帕布罗在沙发靠垫上挖了个洞藏在里面,我把它掏出来,朝大门口跑去。我钻进汽车,像爸爸教我的那样把驾驶座使劲往前挪。然后我拿出钥匙,一遍遍地往那个小钥匙孔里插,可是钥匙总是打滑,最后我拼命把脸凑进那个小槽,慢慢地把钥匙插了进去。然后我抬头看了一眼大门,确保没有人在看我,就转动钥匙,矮下身去踩油门,发动机被点着了。我把变速杆推到"后退"挡,开始倒车,汽车直接倒出了车道,我立刻就知道自己有麻烦了。因为我没有办法在看路的同时打方向盘和踩油门,于是我踩住油门,身子往后一仰,在座位上拼命够着朝上看,这时候汽车已经冲到了道路中间。没等我踩到刹车,汽车就撞烂了邻居家的邮箱,滑进了一条小排水沟,停住了。我吓坏了,赶紧熄火,一只手抓起钥匙,另一只手抱住帕布罗,顺着街道往回跑。进了家门,我把帕布罗塞回它那个洞里,奔过走廊,冲进爸爸的房间,把钥匙放回了他的裤子口袋。撞毁汽车倒是有一个好处,让我多少恢复了一点儿理智,我不再去想妈妈打算抛弃我了。我偷偷穿过走廊时,奶奶还在照镜子,只是现在她把两侧面颊的皮肤都拉到脸后,用透明胶

第 13 章 ◌ 月亮

带固定住了。

"帮我一把。"她带着喉音说,把那卷胶带递了过来。我照她说的,把胶带从她的下巴缠到她的后脑勺,缠了一圈又一圈,就好像在缠恐怖电影里的埃及木乃伊。

后来,爸爸醒了,看到奶奶被"拉皮"的脸,顿时尖叫起来,因为她把他吓得半死,而且还把卫生间搞得一片狼藉。后来,他看见了横在路上的汽车,我以为我肯定要倒大霉了,没想到他并没有说我什么,只是说他可能忘记把车停好了,汽车肯定是半夜溜出了车道,因为他以前也干过这事。趁他打电话叫拖车把汽车拖回我们的车道时,我打开电视机,调到一个运动节目,人们在节目里做各种跳跃运动,让自己出汗。我跟着他们一起做,想把自己的精力耗光。可是,爸爸看见我在做俯卧撑,就把电视机关掉了。

"我要你坐下来休息。"他说,猛地把咖啡桌推到原位,用鞋后跟磨平地毯上的印子,"今晚是你人生中最重要的一场比赛,我不希望你把自己弄得筋疲力尽。好了,你早饭想吃什么?"

"什么也不想吃。"我说,"我很好,真的很好。"我不知道还能做什么，就走进了自己的房间。我抱着帕布罗在床角坐下，把耳机塞进耳朵里，听着磁带。我掏出喇叭，开始跟着磁带吹曲子，那声音肯定不太好听，因为帕布罗跳下去，开始抓挠房门，想要出去，但我还是吹个不停。我忍不住对自己说，音乐如同胶水，把我粘在一起不散架，所以我拼命大声地吹着。

突然，奶奶冲进了房间，一把夺走了我手里的喇叭。"别再吵闹啦。"她说，声音发紧，好像她的下颌骨断了，因为她用胶带把它都缠了起来。

"我只是想让自己忙起来。"我说。

"拜托，试着去做一件比较安静的事吧。"她提议道。

"是啊。"卡特在厨房里喊道，"比如打扫卫生。"

我跳起来，不等奶奶走进卫生间，我就抢先钻进去，关上了门。我想拿出柜子里的清洁用品，但就在这时，我看见爸爸的泡沫剃须膏放在台子上，就突然想到这是一个好机会，可以做一件我一直想做的事情。蒂华纳铜管乐队的磁带封面上有一个女人，被埋在一座山似的发泡奶油里。我没有发泡奶油，但泡沫剃须膏应该也行。我脱掉身上的衣服，只留着内裤，然后开始摇晃罐子，往我的全身喷泡沫。我从腿上开始喷，接着一点点地往上，最后在头顶上喷出了一大堆蜂窝般的螺旋状泡沫，但我看上去一点儿也不像那个磁带封面，倒像是喜马拉雅雪人。我开始发出哼哼唧唧的声音，希望奶奶能过来敲门，因为我想起一部恐怖电影，里面的喜马拉雅雪人跟木乃伊一决雌雄。

"奶——奶！"我惨叫道，"奶——奶！"

"里面这是怎么了？"奶奶一边问，一边使劲地敲门，"你病了吗？"

"奶——奶！"我继续惨叫，"快把门打开。"

她推开门，我猛地朝她扑去。"啊啊啊！"我咆哮道。

她的嘴一下张得老大，绷断了下颌骨上的胶带。她不停地尖叫，最后喘不上气来，靠在了墙上。我笑得跪在了地上。她终于恢复过来后，说道："不知道会是哪样先要了我的命——是心脏病还是肺病？"说完她也开始哈哈大笑。

太好玩了，可是爸爸转过拐角，看见了卫生间里到处都是剃须膏泡沫。

"你这是见了什么鬼？"他吼道，"你一直在瞎闹，搞得

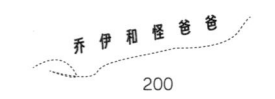

一团糟,我只要求你好好休息,准备比赛。现在,赶紧冲个澡,然后把地板打扫干净,回你自己的房间去。听见了吗,少爷?"

"好的,爸爸。"我说,"我只是想开个玩笑。"

"今天不是开玩笑的日子。"他厉声回道,"今天是个严肃的日子。等着我们的是一场重要的球赛——不是一场刮胡子比赛!你听见我说的话了吗?"

"我回头再告诉你,好吗?"我回答。

他往前一扑,似乎想要给我一巴掌,但奶奶挡在了我们中间。"冷静点,小伙子们。"她说,"把力气留着打比赛吧。"

爸爸转过身,大步朝厨房走去。他在厨房里大声宣布他要擦洗炉子:"因为有人又把馅儿饼做得一塌糊涂!"

"这是他这个月第三次擦洗炉子了。"奶奶小声对我说。

我冲了个澡,回到自己的房间。我换上我的棒球服,坐在一把椅子上,后来再也坐不住了,就拿出我的行军袋,把我所有的东西都装在里面。然后把东西又拿出来,再装进去。后来我厌倦了,就掀起我的衬衫,拿起一支钢笔在我身体上到处画文身。画着画着,爸爸把脑袋探进我的房间,叫我赶紧吃点东西，然后就该出发去球场了。

我们坐进车里，爸爸已经准备好了他的长篇大论。"我们要像专业球员一样打球，打出尊严来。不许再放录音机，不许带狗，不许打电话，不许把球滚到本垒，不许搞鬼作怪，只许好好地按规则打球。"

"规则真的规定不许把狗带到投球区吗？"我问。

"不许向我提问，乔伊。"爸爸凶巴巴地说，"我有点儿紧张，没有耐心陪你玩鬼把戏。所以就按我说的去做，不许再胡闹。明白了吗？"

"爸爸。"我说，"我一点儿也不开心。"

"习惯就好了。"他回答，"你整天除了闯祸什么也做不成，生活怎么可能开心。"

我想回一句嘴，可是我正在犯严重的神经焦虑，就把嘴闭上了。我知道，如果我开口说话，肯定会把事情搞砸，爸爸就会更紧张了。

我们到达停车场时，那里已经挤满了车，看台上也人山人海。高塔上灯火通明，我抬头一看，赶紧把眼睛转向一边，就像你碰到一个滚烫的东西立刻把手缩回来一样。我看着绿茵茵的草地，它似乎能让我的眼睛冷却下来，就像把手浸在了冰水里。

"他来了。"丽兹看到我过来，大声宣布道，"王者光临。"然后她拥抱了我一下。"我一整天都在想你。希望你爸爸没有逼你去刷墙。他每次紧张的时候，都会犯洁癖。"

我笑了，说："我刚把自己清洗了一番。"

"乔伊！"有人喊道。我抬头望向看台，是奶奶。她把帕布罗举了起来。帕布罗戴着它那条幸运的腹带。"祝你好运！"奶奶喊道，接着就背过脸去咳嗽了。

"走吧。"爸爸说，而后把我领向了投球区，"我们还有正事要完成呢。"

我跟着他向投球区走去，到了那儿，他转过身，把一只手放在我肩膀上。

"洞穴人，"他轻声说，"不要让我失望。我讨厌失败。非常讨厌。我们这样的男人——你知道，曾经经历过艰辛的男人——也希望成为赢家。有些幸运儿生下来就是赢家。但是你和我却必须努力去争取。你理解我的意思吗，儿子？"

第 13 章　月亮

"理解。"我说。我确实理解。我太知道历经艰辛成为赢家是怎么回事了。我从骨子里知道这一点。现在我和爸爸在一起,他对我说希望成为一个赢家,这其实是我一直感觉到,却从未对任何人说过的话。此时此刻,我们想一起成为赢家。他拥有我,我拥有他,我们如此相像,似乎我有一个大块头的孪生兄弟。我不想让他失望,我希望并且祈祷,我能打赢这最后一场比赛,然后我再像一只被击打了无数次的棒球一样,从接缝处裂开。

爸爸把那个新球塞进我手里。然后他卷起袖子,指着自己的文身。"你是打不败的,我们要坚持下去。"他说,"这是一场冠军赛。我希望你先掩护一垒,掩护本垒,并且接住内野飞球。"

"我试试吧。"我说,"我会尽力的。"然后我撩起衬衫,给他看我用钢笔画的文身。

他一头雾水,问道:"它们是什么?"

"药贴。"我戳了戳它们,说道,"它们能让我保持平静。"

他皱起了眉头。"你需要的只是坚定的意志。"他说,"现在做好准备,打败那些家伙。"

裁判走上前，碰掉了本垒板，观众开始哄堂大笑。"击球手就位。"裁判一边喊道，一边调整好自己的护胸和面具。爸爸跑向场外休息区，我们的接球手把拳头砸向他的手套。

　　"加油，皮格扎，把他们打个落花流水！"他嚷道。

　　我目不转睛地盯着接球手的棒球手套，因为我有一种感觉，如果我开始东张西望，我的脑子就会走神。所以，我只是用全身的力气去投球，很快就成了三上三下❶。

　　我们队也没有得分，我又回到了投球区。我身体往后一仰，让一个球飞了出去。可是我立刻就发现了不对劲，因为我本来想打一个三振出局，但球却飞过了裁判的头顶。接球手跳起来，把球扔回给我。我一把抓住球，它在我手里就像一颗跳豆。我抬头看着那轮满月，它又大又圆，那么饱满。"加油，乔伊。"我小声说，"不要搞砸。"然后我把目光重新转向接球手。他用拳头砸着手套。

　　"往这儿扔。"他喊道，"来吧，皮格扎。"

　　我把球投了出去，击球手在空当处击出了二垒安打。爸

---

❶ 三上三下，指在棒球比赛中，攻击方在一局比赛中连续三名击球手都在安全上垒前出局，攻击方和防守方互换位置，继续比赛。

爸立刻嚷嚷开了。"运气球！加油，乔伊。严阵以待！"

"集中思想。"我一边绕着投球区转圈，一边对自己说，"放轻松，集中思想。"

我做到了，但球没有做到。我让接下来的两个击球手轻松上垒，形成了满垒，爸爸在场边不停地嚷嚷，但我连看也不看他一眼。

下一轮投球时，我的运气来了，击球手击出双杀，带动跑垒，下一个击球手打出了一个飞球到外场。

我回到场外休息区，把帽子拉下来遮住脸，什么也不想听见——包括爸爸和丽兹，甚至奶奶和帕布罗的声音。我的脑海里有一种咝咝的声音，就好像有人在我体内戳了一个洞，我仅存的一点儿控制力正在咝咝地漏出来。

"该你了，乔伊。"爸爸吼道。

我抓起球棒时，爸爸单膝跪下，把一只手放在我肩膀上。他看着我的眼睛。"我要你站在离本垒很近的地方。那可能有助于你击球，如果一个球正巧朝你飞来，你就转身背对着它。"

"不会被砸疼吗？"

"疼的时间不长。为了整个球队。"爸爸说,"你就忍耐一下,让他朝你扔球。"

"击球手就位!"裁判喊道,我朝本垒跑去,站在很近的地方,把球棒举到肩膀以上。投球手往后一仰,把球投了过来,我觉得球会砸到我脑袋,就扑通趴在了地上。

"第一击。"裁判喊道。

我站起来,转过身看着爸爸。他朝我竖起两个大拇指。

我一点点地靠近本垒,把双脚扎进泥土。投球手挥臂准备投球,然后球飞了出来。我把脸转开,把眼睛使劲闭紧,球狠狠地砸中了我的头盔。我往后一倒,在地上翻滚。裁判冲过来,把手放在我肩膀上。"你没事吧?"他问。他似乎吓坏了。

我抬头看着他。奇怪的是,我觉得我头上挨了一记反倒是件好事。疼得太厉害了,使我脑子里除了爸爸,顾不上想其他事情。他朝我这边小跑,我看到他过来,就跳起身,跑向了一垒线。"我没事!"我不停地对裁判大喊,"我很好。继续比赛吧!"

"是啊,他没事。"我听见爸爸说,"他的脑袋像水泥一样结实。"

下一个击球手是右外野手。投球手受的惊吓肯定比我还大，只见他投出一个球，击球手一转身把它击过了围栏。我发出一声喝彩，跳向二垒，转过身，后退着跑向三垒，正准备连爬带滚着一路回本垒，可是就在我绕过三垒时，爸爸打了我屁股一巴掌，吼道："别再丢人现眼了。"于是我定下心来，跑回了本垒。我站在那里，那个右外野手触杀本垒时，说道："要为球队拿下一分，不然我们就打成平手了。"

我像个傻瓜似的笑了。我走回场外休息区时，丽兹围着我的脑袋大惊小怪，并开始给我按摩，我挣脱了。我朝爸爸看去，他朝我眨眨眼，我笑了。我脑袋的一侧很疼，但没关系，因为我们领先了，我只要让球队保持领先，我们就赢了。

我们的下一个击球手击出了一个地滚球，我回到了投球区。我做了个深呼吸，抬头望着夜空。月亮挂在天空，就像一个亮闪闪的银盘。然后，我往后一仰，把球投了出去。击球手躲避不及，球打中了他的肩膀。他跑向一垒时，我离开投球区，跑过去迎向他。

"对不起。"我说，"我不是故意的。"

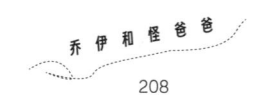

"没关系。"他揉着肩膀回答,"我没事。"

"是一个意外。"我说。接着,我感觉到爸爸把手放在我肩膀上。他示意我返回投球区。

"永远不要说对不起。"他强调道,"是他们先击中你的。"

"我觉得我有点儿不对劲。"我说。

"别让我失望,乔伊。别做一个汉普顿·邓普顿,摔得四分五裂。"

"我不是汉普顿·邓普顿。"我说,脚在地上拖着,"我只是我。"

"那就振作起来。一位真正的冠军是不会找借口的。"他气冲冲地走回场外休息区。

我又投出一个球,砸中了另一位击球手。

"你失控了!"爸爸吼道,"管住自己!"

对方的裁判开始嚷嚷,说我是故意打中击球手的,裁判跑向了投球区。

"你没事吧?"他问,"刚才脑袋上挨了那一下,是不是把你砸傻了?"

"没什么。"我说,"我只是有点儿紧张。"

第 13 章 ◯ 月亮

这时爸爸跑了过来。"他没事。"他对裁判说。

"我在跟这个男孩说话。"裁判说,"你回教练席去。"

奇怪的是,就在我崩溃的时候,我看着爸爸高高地挥舞着双臂走开,我觉得他的问题似乎是我造成的,如果我能振作起来,赢得比赛,他就也能振作起来。

裁判让大家都安静下来后,返回他本垒后面的位置,大声喊道:"好,比赛继续!"

我往后一仰,把球投了出去。球直接飞到了看台上。几个人纷纷躲闪。

"别逼我再到投球区来。"爸爸喊道,"不然我要换掉的不只是投球手!我也会彻底改变对你的态度!快给我好好投球!"

接球手又扔给我一个球,我往后一仰,把球投了出去。它肯定撞碎了停车场的一个车窗,因为我听见玻璃飞溅的声音,接着看见爸爸朝我跑来,气得脸都变了形。我没有等着看他要做什么。我丢掉手套,朝外场跑去。我经过了二垒手,经过了右外野手,爬上了尖桩栅栏。在栅栏顶上,我扭过头往回看,所有的球员都在各自的位置上,他们一动也没动,只是把脑袋转向了我这边。我想爸爸肯定就在我身后。他本来是想追上来的,但丽兹挡在他面前,把双手搭在了他的肩膀上。

"快回来,把你弄的烂摊子收拾了,你这个笨蛋!"他喊道,然后指着我,"快回来,不然我非逮住你不可!"

我听不见他说的其他难听话了,他在我的脑海里用粗重的嗓门儿吼道:"哼!嘿!哈!嘀!我闻到了一个小家伙的血。"我从栅栏上跳下去,打了个滚,然后跌跌撞撞地走过坎坷不平的土地。到了公路上,我向着一簇灯光跑去。

第 13 章　月 亮

第14章
购物中心

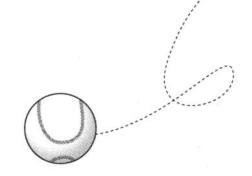

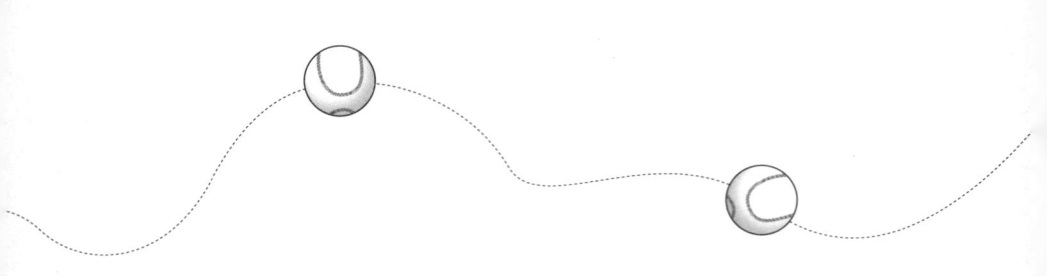

我跑进购物中心时,脑子里只有一个念头,给家里打电话。但我身上没有钱。因此,趁人不注意,我跑向许愿池,开始把里面的零钱都打捞上来,放进我的帽子里。偷走别的孩子的愿望,这让我很不好受,但是接着我想,肯定有某个好心的孩子,如果他知道我许的愿望是回到妈妈身边,知道我用了他许愿的钱去打电话,让我的愿望成真,他是不会生气的。

我把许愿池的钱捞干净后,走进了杂货店,把我装满零钱的帽子递给收银员。"能帮我换成二十五分的硬币吗?"我问。

她耸了耸肩。"没问题。"她说完就开始数钱。那些钱多半都是零钱,她数了好长好长时间。

我拿到硬币后，立刻跑向收费电话机，把它们都塞进投币口，拨了号码。妈妈一接电话，我就脱口说道："我要把我的秘密告诉你。"

"什么，乔伊？出什么事了？"

"我一直没有用药，我以为自己正常了，但是没有，现在我又成了原来的老样子，我跟爸爸之间有了麻烦，我害怕极了。"

"慢点说。"她说，"做一个深呼吸，一次只说一件事。你今晚不是去投球了吗？"

"是的，但后来我输了。"我以最快的速度把事情告诉了她，与此同时，我一直东张西望，生怕爸爸突然冲进店里，把我抓住。

"乔伊，现在听我说。"妈妈说，"我得去借一辆车，然后过来接你。这需要花一些时间，所以你必须等我。你在哪儿？"

"北区购物中心。"我说，"钢铁城体育就在这里。"

"好的，你就在大门口等我吧。"她说，"不管有没有驾照，我都会尽快赶过来。但你知道要开多久，你要耐心等待。

好吗？"

"好的。"我说。我挂断电话，跑到外面的大门口，躲在那些花样篱笆里。篱笆用草书拼出了"Welcome（欢迎光临）"，我就蹲在字母"o"里，就像一个士兵藏在狐狸窝里。每次有车或人经过，我都盯着看。我是多么害怕见到爸爸，又是多么希望见到妈妈啊。过了很长时间，我终于看见了妈妈。一辆车开过来，停在了灯光下。车门打开，我看见了一个红头发的女人。我从我的"洞"里跳出去，在柏油路上跑了起来。"是我，是我！"我高高地挥舞着双臂喊道。可是，跑到近前，我的心往下一沉。那不是妈妈，是丽兹，我正在朝她跑去，周围没有地方可以躲藏。

"乔伊？"她说，"你在这里做什么？你爸爸正在到处找你呢。"

"我妈妈要来接我。"我说，脚不停地交替着跳，"你不要告诉爸爸，好吗？"

"暂时不告诉。"她说，"不过他可能正在来找我的路上。所以你赶紧到店里去。在我们商量怎么办的时候，你可以藏在我的办公室里。"她紧紧地抓住我的两只手，似乎那是一匹野马的缰绳，然后我们跑了起来。

"我们赢了吗？"我问。

"没有。"她说，"你擅离职守之后，他们换上了维吉尔，他没能保持领先地位。"

"反正我没有输。"我说，"我离开的时候，我们还是领先的。"

"从专业角度上来说，"她说，"你要为输球承担责任。你离开时是满垒，你还要为那些跑垒员负责。"

"哦。"我说，"我还以为爸爸仍然能在胳膊上文一个完美纪录呢。"

"唉，现在我真想在他脑门上文一个'笨蛋'。"

我笑了，我很擅长拼写。

"你在投球区是怎么回事？"她问，这时我们走进购物中心，放慢了脚步。

"我失控了。"我说，"爸爸把我的药贴全都冲进了马桶，我又变成了老样子，转个弯又回到原点了。"

"明白。"她赞同道，"你爸爸也是一样。目前，他已经走向了极端。他的状态大起大落，我相信他明天早晨醒来时，肯定会为此讨厌自己——但我不想给他找任何借口。他可以把他的感觉亲口告诉你。眼下我能怎么帮助你呢?"

"我已经给我妈妈打了电话。"我说,"她正从兰开斯特赶过来。"

丽兹看了看手表。"我估计大约需要三个小时。"她说,"你不妨去我的办公室待着吧。我那里有一台电视机,你可以看。你告诉我你妈妈开的什么车,我来等着她。"

"拜托,不要告诉爸爸我在哪儿。"我说。

"不到万不得已,我不会说的。"她说,然后用胳膊搂住我的脖子,把我拉到她怀里,"我们可不希望他报警。不过没关系,我会保证在你妈妈到来之前,你爸爸不会上这儿来。我知道怎么对付你爸爸。"她握起拳头,在自己的下巴上划了一道,"必须以毒攻毒。"她说。

我走进办公室,在接下来的三个小时里,我几乎每秒钟换一次频道。我什么都想看,却没法安下心来看任何东西,所以只能不停地换频道。我换频道的速度太快了,差不多同时在看所有的节目,这似乎倒稳住了我,使我没有乱跑。

最后丽兹走了进来。"乔伊,"她说,"你妈妈在外面呢。

来吧。"

我站起来，朝丽兹指的方向跑去。一扇门开着，我冲出去，跑上了一个停车台。妈妈正站在车前，我跑出了停车台的边缘，直接扑进她怀里，把她撞在了后面的挡泥板上。

"冷静点，伙计。"她说。我顺着她裙子前襟滑下来，就像动画片里一个撞在墙上的角色。

"你们最好赶紧走吧。"丽兹说，"我把卡特牵制住，但是你们知道他有多不可预测。你们俩一走，我就打电话，告诉他发生了什么事。"

"谢谢。"妈妈说。

我转身朝丽兹挥挥手，然后蹦蹦跳跳地坐进了副驾驶座位。妈妈上了车，我们开车穿过停车场。

"我钱包里有一贴药贴。"她说，"要过几天才能起效，但开始得越早越好。"

我把手伸进钱包，找到了药贴。我撕开包装，把药贴贴在了我的胳膊背面。妈妈伸过手，抚摸着我的脸颊，这是我有过的最美妙的感觉。

"那个女人是谁？"妈妈问。

"爸爸的女朋友。"我说。

"她肯定是个圣人。"妈妈评论道。

"没错。"我说着露出了微笑，因为我也觉得她是个圣人。

"你这次来看你爸爸，真是一场惨败。"妈妈摇着头说。

"这不怪你。"我说，"是我想来看他的。"

"我想，如果我不让你来看他，你就会一直怪我从中作梗。现在你自己知道了吧。"她说。

"可是我原来希望爸爸能好起来的。"我轻声说，"我原来希望全家能够团圆。"

"他又搞砸了。"她说，"看来只有你和我了。"

"丽兹说他早晨醒来会讨厌自己。"我说。

我从妈妈的脸上看出，她想说几句刻薄的话。接着她停住了，只是显出一脸的疲惫。

"是啊。"她说，"这是他最大的问题之一。他总是第二天早晨就讨厌自己。"

"他需要吃药。"我说。

"他永远都在自我医治。"她回答。

"他需要帮助。"我说。

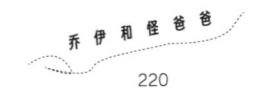

"他不相信帮助。"

"他需要我。"我说。

"当然需要。"她说,"但是他仍然太糊涂,看不清这一点。"说到这里,泪水从她眼里流了下来,车子在路上扭来扭去。

我知道轮到我来逗她开心了。"爸爸有一点好,"我说,"他的驾驶技术比你强。"

妈妈笑了起来。"杂物箱里有一盒纸巾。"我们开上公路时,妈妈说道。我按了一下按钮,杂物箱的小门弹开,撞到了我的膝盖。

"哦,天哪!"我喊道,"帕布罗还在爸爸家里,跟奶奶在一起呢!"

"哦,糖!"妈妈咬着牙说,踩了一脚刹车,"糖,糖,糖!我就知道没这么容易。"我们减慢车速,然后掉头。"好吧,"她说,"我们去接上它。"

"必须接上它。"我说,"它是我们家的一员。"

"那么它最好表现得愿意跟我们在一起。那只该死的狗注定会被忘记。下次我们换一只大狗。这条狗似乎'看不到,就想不到',但愿你明白我的意思。"

我明白。但我不想要另一只狗。"那就像是我对你说,下次挑个不一样的孩子。"

"啊,那可不行。"说着,她把我拉到了她身边,"不行,我就喜欢我这里的这一个。"

我就是那个对的孩子。她一直把我揽在身边,直到汽车停在了爸爸家门口。

"他的车在这儿。"妈妈小声说,"他可能在等我们呢。"

"看。"我指点着说,"帕布罗被绳子拴在大门外呢。"我从车里跳了出去。我跑向帕布罗,帕布罗汪汪大叫起来,好像我不是要救它,而是要勒死它。我的双手抖得那么厉害,怎么也解不开绳子上的搭扣,帕布罗不停地跳过来跳过去,我一心只想着要是能给它贴个药贴就好了。我无意间一抬头,看见奶奶把窗帘拉到一边,往窗外看了一眼。然后她就不见了,接着我听见她在打开大门的锁,断定爸爸马上就会朝我扑来。我把帕布罗推倒在地,用力按住,解开搭扣,一把抓起它,奔向妈妈的汽车。我们飞驰而去时,我往后视镜里看了一眼,只看见奶奶站在人行道上的小身影。她在挥手,一开始我以为她是叫我回去，后来才意识到她是在挥手告别。我把脑袋探出车窗，喊道："再见啦！我会想你的！"我为奶奶感到难过，因为她被困在了爸爸身边，而爸爸是那么糟糕。他并不是妈妈说的那样，像一个大号的我。他根本就不像我。

过了一分钟，我看着妈妈，说道："你说，他真的会把自己扭转过来吗？"

妈妈的车又开始扭来扭去，然后，她把车停靠在了路边。"来个全家拥抱吧。"她说，然后用胳膊搂住了我和帕布罗。她从来不能同时做两件事，幸亏如此，因为在拥抱的时候，我希望她的拥抱只属于我一个人。

作者的话

我小时候,几个最喜欢的朋友都跟乔伊·皮格扎差不多。他们性子狂野、失控、有趣、聪明,还有点儿疯狂。比如,我的好朋友弗兰基·帕戈是个天才,他擅长想出一些不应该有人尝试的危险活动。他家的后院有个游泳池,他每天都会从梯子爬到屋顶上,顺着屋顶的斜坡往下冲,扑通跳进游泳池里。过了一段时间,他觉得厌倦了,就把自行车拖到屋顶上,然后从那里骑下来——但他没有落进游泳池。他从空中飞过,脑袋撞在了游泳池边的水泥地上,我以为他一命呜呼了,没想到他好好的,只是脑袋上凹了一大块。他还发明了一种"火环"游戏,让我们踩着溜冰鞋滑下金属滑梯,头朝前穿过浸过煤油的燃烧的呼啦圈。那感觉真过瘾。

还有我的老朋友肯尼·迪尔,他邀请我去他的地下室,他在那里养了一只活的短吻鳄作为宠物,它足有两米长。我们经常玩一种名叫"鳄鱼摔跤手"的游戏……

在我长大的过程中，认识了很多像乔伊·皮格扎一样性子狂野的孩子，我很喜欢他们。但是我经常搬家，小学和中学共十二年我上了十所不同的学校，我的朋友们都随着时间而消失了。后来，我的生活里没有了这些狂野朋友的影响，我成了一个安静的读者和作家。

但是有一天，我野蛮的过去突然又被唤醒。我在一所学校给学生们演讲。前排有个精瘦的孩子有点儿神经质。我讲话的时候，他在课桌旁不停地原地转圈。但他显然非常聪明，我一开始说话，他就会打断我，脱口说出我正要说的话。我一句话没说完，就被他抢过去接了话茬儿。他在座位上不停地一圈圈地旋转，似乎特别喜欢这个游戏，但是突然间，他的情况发生了变化。他不停地挥动手臂，想引起老师的注意，但老师正忙着跟另一个学生说话。最后，这个旋转着的男孩再也忍不住了，大声喊道："老师！老师！我忘记吃药了！"老师只是指了指教室的门，他就冲出了他的课桌，冲出了门。我听见他顺着走廊跑向校医务室，一路砸着所有的金属锁柜，砰！砰！砰！的声音连续响了上百遍。

在那一刻，我知道他是个了不起的孩子。那天晚上，当我坐下来写日记时，想起了那个孩子，写下了他的事情。接着我想起了我的老朋友——弗兰基、肯尼和其他孩子。就是在那个时候，我开始写第一本乔伊·皮格扎的书——从某种程度上说，乔伊已经成为我的另一个狂野的老朋友。